NADA DIGO DE TI, QUE EM TI NÃO VEJA

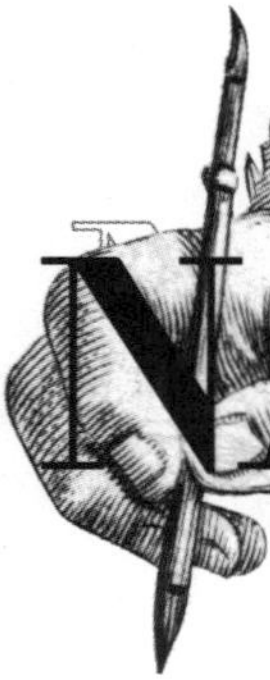

NADA DIGO DE TI, QUE EM TI NÃO VEJA

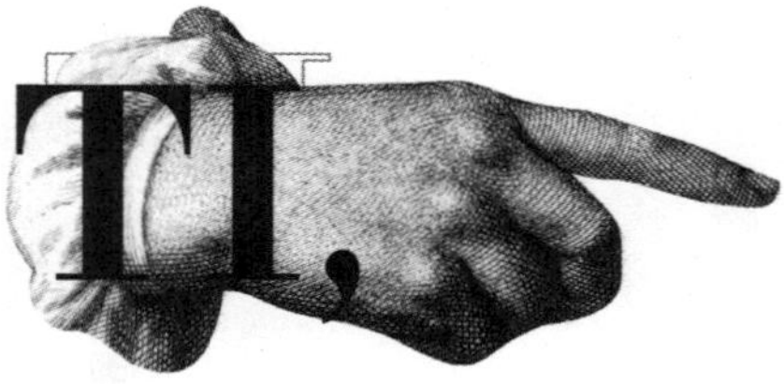

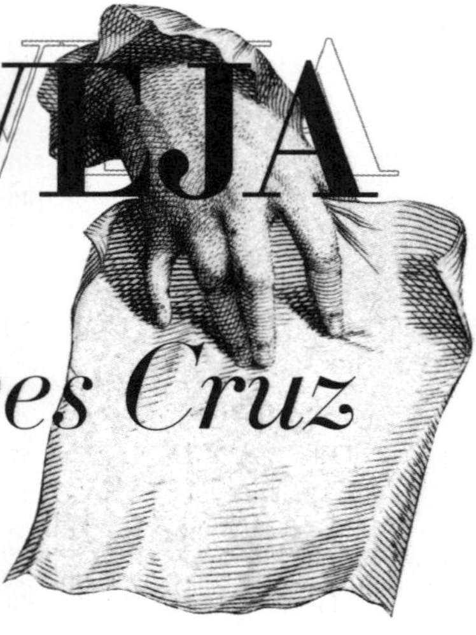

Eliana Alves Cruz

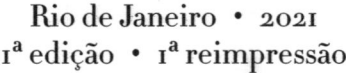

Rio de Janeiro • 2021
1ª edição • 1ª reimpressão

COPYRIGHT © 2020
Eliana Alves Cruz

EDITORAS
Cristina Fernandes Warth
Mariana Warth

COORDENAÇÃO DE PRODUÇÃO, PROJETO GRÁFICO E CAPA
Daniel Viana

PREPARAÇÃO DE TEXTO
Eneida D. Gaspar

REVISÃO
Léia Coelho

CRÉDITOS DE IMAGENS
capa: RUGENDAS, Maurice. Rue Droite à Rio de Janeiro. In: RUGENDAS, Maurice. Voyage pittoresque dans le Brésil. Paris: Engelmann et Cie., 1827. 3. Div: Pl. 13;
recortes: imagens em domínio público disponibilizadas por Rijksmuseum, Amsterdam

Este livro segue as novas regras do Acordo Ortográfico da Língua Portuguesa.

Todos os direitos reservados à Pallas Editora e Distribuidora Ltda. É vetada a reprodução por qualquer meio mecânico, eletrônico, xerográfico etc., sem a permissão por escrito da editora, de parte ou totalidade do material escrito.

CIP-BRASIL. CATALOGAÇÃO NA PUBLICAÇÃO
SINDICATO NACIONAL DOS EDITORES DE LIVROS, RJ

C961n
    Cruz, Eliana Alves, 1966-
      Nada digo de ti, que em ti não veja / Eliana Alves Cruz. - 1. ed. - Rio de Janeiro : Pallas, 2020.
      200 p. ; 21 cm.

      ISBN 978-65-5602-000-6

      1. Romance brasileiro. I. Título.

20-63703   CDD: 869.3
                        CDU: 82-31(81)

Meri Gleice Rodrigues de Souza - Bibliotecária CRB-7/6439

Pallas Editora e Distribuidora Ltda.
Rua Frederico de Albuquerque, 56 – Higienópolis
CEP 21050-840 – Rio de Janeiro – RJ
Tel./fax: 21 2270-0186
www.pallaseditora.com.br | pallas@pallaseditora.com.br

*Para todos os que desejam
ardentemente honrar o tempo,
com a honestidade e a coragem de
revelar a sua essência mais profunda.*

1. DOS PORQUÊS   9

Contando o tempo   10

Naquele instante em que
a madrugada é profunda...   11

Mais cedo, à tardinha...   13

Dias depois, quando
o sol abrasava com força...   26

Muitos anos antes, quando
outros viviam no mesmo corpo...   38

Mensagens cifradas   46

Na hora em que os corpos florescem   56

2. DAS ACUSAÇÕES   69

No tempo da graça   70

No momento oportuno   75

Na hora da partida   81

3. DOS PROCESSOS   87

Subindo pela parede verde   88

Na gira do mundo   98

SUMÁRIO

    No peso do ouro   106

    Na hora difícil olhe para a frente   113

    No tempo das fugas   116

    Na pedra do santo   119

4. DOS JULGAMENTOS   133

    Na casa herege   134

    Na casa virtuosa   139

    No confessionário   143

    No tempo dos corações opressos...   146

    Quando se aproximava a batalha final   150

5. DAS SENTENÇAS   157

    No momento da melhora da morte   158

    A hora da partilha   162

    No momento em que os esqueletos saem dos armários   173

    No acerto de contas   179

    Na hora em que perfuma a dama-da-noite   192

    No juízo final   197

I. DOS PORQUÊS

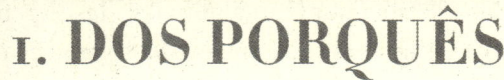

Aquele que violenta a lei
será violentado por ela
(Dicionário dos Inquisidores.
Valência, 1494)

CONTANDO O TEMPO

Vou lhes contar aqui algumas vidas. Apenas existências que passaram diante de meus olhos. Se você está aqui, é porque vamos passar algum tempo juntos, então saiba que sou um confesso bisbilhoteiro, um fofoqueiro dos mais terríveis. Acabo revelando tudo o que vejo sem dó ou enfeites e, no confortável papel de espectador, lhes digo: não sejam tão duros porque, com o passar dos segundos, minutos, dias, horas, semanas, meses e anos, grande parte dos dramas vai morar no reino do ridículo. Está aí: o futuro é a residência do sonho, da expectativa, das realizações e do ridículo. Que estranha família!

Por outro lado, creio que minha maior qualidade é ver lições em cada esquina e não ter pressa. Esta é outra excelente característica minha: a paciência. Todavia, saber esperar não é o mesmo que ser complacente. Sei que sou implacável e um tanto cruel... No entanto, desapegue de mim. Não somos tão essenciais assim. Acostume-se com este fato. Tudo bem. Sei que esta verdade pode lhe ferir o ego, mas... Apenas me acompanhe. Existem mistérios para desvendar aqui. Convido a percorrer comigo estas linhas-caminhos.

NAQUELE INSTANTE EM QUE A MADRUGADA É PROFUNDA...

Vitória puxou a faca espetada no pão num gesto brusco e irracional. Avançou sobre o peito de Felipe, que lhe esbofeteou pesadamente o rosto. Enfurecida, ela se refez e arremeteu com mais força. Embolaram-se trancados em golpes apertados. Uma versão de ódio das mesmas posições que experimentavam quando se amavam. Toques duros como ferro se opondo ao veludo macio das carícias. As respirações ofegantes, mas não de prazer e sim de angústia. Lutaram por um bom tempo até que a lâmina brilhou na penumbra e ela, vencendo uma queda de braço, feriu a face lisa dele. O grito de dor e o vermelho intenso que escorreu do corte foram chuva sobre a brasa.

Afastaram-se exaustos, arfantes e suados, mas não saciados. Eu podia ver, podia perceber no ar... Vitória chorava silenciosa, sentindo-se imunda como vez por outra costumavam gritar-lhe nas ruas. Vi que Vitória contorceu o rosto como se tivesse sido outra vez açoitada, da mesma forma que tanto experimentara ao longo da vida. Notei por sua expressão que se sentia esbofeteada por dentro.

Felipe sentou com uma das mãos segurando a cabeça e outra tentando estancar o sangue com um pano. O quarto com pouca ventilação se tornara ainda mais asfixiante. Ela sabia que eram sérias as pretensões de casamento dele com aquela moça, mas também, o que poderia esperar? Cedo ou tarde esse matrimônio viria. Ele era jovem, rico, branco... Nunca poderia ser dela totalmente, pensava. Jamais! No entanto, aquela rejeição total era o que a estava machucando mais que tudo, se tantos como ele tinham amantes... Nisto ela estava com a razão, pois eu mesmo vivi e vivo minhas horas para ver os casos de "senhores de boa estirpe" e suas vidas duplas, triplas...

Os olhos dela pesavam com a vontade de chorar, mas não ousou. Subitamente sentiu-se dominada por muita raiva. Nada lhe parecia certo nesta vida, mas a rejeição de Felipe, o único que realmente sentira que amara, era uma face dura demais da falta absoluta de justiça no mundo.

O corte ardia. Ele estava desesperado, triste, com raiva... Mas via-se o amor, o profundo amor por ela. Não queria ter feito o que fez. Ouvi quando chamou o nome dela baixinho: "Vitória..."

Não sabiam, mas beijaram um dos últimos "enrolar de línguas". Teriam apenas mais três chances de sentir a quentura da saliva um do outro.

MAIS CEDO, À TARDINHA...

Felipe Gama estava ainda mais branco do que sua figura usualmente refletia no espelho. O medo, este companheiro inconveniente, lhe fazia provar um conhecido líquido com gosto de bílis. Abriu o envelope, espiou rapidamente o conteúdo e guardou nervosamente a carta nas dobras do paletó, enfrentando olhares desconfiados. Li seus pensamentos de mandar perseguir e açoitar aquele moleque maltrapilho, que chegou correndo feito um pé de vento e ousou lhe entregar algo tão misterioso, na frente de tanta gente. Era nítido que todo o seu cérebro estava drenado para dentro do pequeno embrulho. Não era capaz de ouvir a conversa ou interagir. Apenas pôs na face um sorriso congelado, que um interlocutor mais atento como eu veria acompanhado de olhos pousados no nada.

Na porta da igreja do Carmo, aflito com o papelucho encardido e mal-lacrado nas mãos, teve muito trabalho para se desvencilhar da curiosidade incorrigível da noiva Sianinha, dos olhares severos e questionadores dos pais Antônio e Manuella, da sogra Branca Muniz e da futrica de toda a gente, incluindo aí a idosa e encarquilhada dona Gertrudes, vizinha de sua família. Sentia o peso da mirada do tio de sua noiva, Diogo, que era um dos vigários da igreja em que estavam.

O garoto sujo, malcheiroso e com os pés descalços, como andavam todos os miúdos pretos pela cidade, o abordara em meio à pequena aglomeração que se formara ao final do culto. Um incômodo para as damas e cavalheiros que conversavam, mas, do jeito que apareceu, sumiu feito flecha dos índios Tamoios, sem que ninguém tivesse tempo de alcançá-lo, deixando-o ali, com aquela mensagem queimando as mãos. O que seria? Abriu fingindo pouco caso, olhou o conteúdo rapidamente e deu uma desculpa qualquer. Disse que era seu mestre de aritmética informando que estava adoentado e não lhe poderia dar as aulas acordadas para a manhã do dia seguinte. Tratou de picar o bilhete antes que o pai ou a mãe resolvessem se certificar.

***

Sempre adorei este momento... a hora do pôr do sol. Em qualquer século e lugar é lindo e, onde estávamos, com o cais do porto tão próximo, era também a senha para que entrasse em cena o vasto cortejo que não se mostrava de forma tão livre. Por um brevíssimo momento os dois públicos – o da noite e o do dia – coabitavam as ruas estreitas e de pedras irregulares. Foi nesse instante, em que tudo parecia difuso, que certa vez Vitória lhe apareceu, misturada às outras mulheres da rua. Um grupo barulhento de prostitutas em busca da melhor clientela. Ela sobressaía. Caminhava de um jeito leve que parecia flutuar, mas ao mesmo tempo com passos decididos.

As poucas senhoras nas ruas viravam forçadamente o rosto para não encarar o que julgavam ser o pecado e o diabo de frente, mas Felipe entendeu, apenas por aquela rápida mirada, que seria um prisioneiro. Olharam-se de longe para desejarem-se de perto horas depois, quando ele voltou escondido às ruas. No princípio parecia ser apenas um desejo intenso que o dominava e a que lhe era impossível resistir. Vitória, com aqueles seus jeitos e trejeitos, com aquela sua fala mansa e sem pudores, com aquelas histórias de um mundo tão oposto ao seu, mas para ele profundamente fascinante, foi ocupando um espaço cada vez maior em seus pensamentos.

Introduzido pelo pai nos negócios seculares da família, do alto de seus 20 anos, Felipe em breve seria mais um próspero comerciante de além-mar ou senhor de algum pedaço grande de chão; afinal, como dizia seu pai: "Terra é um tesouro que não se vende, ao contrário, se conquista". Seus antepassados desbravadores não enfrentaram índios guerreiros, doenças e trabalho árduo para dispensar sem motivo tanto território.

A tradição familiar o empurrava para as caravelas. Seu trisavô, Antônio, esteve entre os que defenderam o Rio de Janeiro da invasão francesa, havia quase 200 anos. Naquela época, seu engenhoso antepassado conseguiu armazenar víveres, salvar muitas vidas e ganhar muito prestígio.

Quando descobriram ouro nos sertões das Minas, piratas e corsários vieram em massa, e seu pai, Antônio, assim como o ancestral, forneceu comida e outros artigos aos soldados que combateram, havia 33 anos, outros franceses: Jean-François Duclerc e, no ano seguinte, René Duguay-Trouin. Este último, muito mais bem-sucedido que o primeiro, sequestrou a cidade inteira. Sim! Vejam que loucura, pois São Sebastião do Rio de Janeiro precisou pagar uma fábula em resgate para se libertar. Foram 610 mil cruzados em moeda, 100 caixas de açúcar e 200 cabeças de gado. Não fosse sua família contribuir com gordas quantias em um acordo com as autoridades, e ainda estariam sob o domínio da França.

A verdade é que Felipe, embora se encontrasse em um corredor com muitas portas abertas à sua escolha, adoraria ter alguma outra opção, alguma alternativa de escapar. Nem ele sabia definir naquele momento do que exatamente desejava fugir, pois nada lhe faltava e ainda sobrava; mesmo assim, sentia-se acuado, e ela, Vitória, movimentava seu imenso rio interior que se achava represado no tédio.

Sua vida era feita de treinamentos nas armas e na equitação, estudos exaustivos, missas, silenciosos jantares, peças monótonas ao piano, conversas enfadonhas e visitas comportadas a Sianinha, sua prometida desde a tenra infância. Toda diversão era sempre uma extensão da igreja. Quermesses, procissões, representações da vida de santos. Tudo parecia artificial aos seus olhos. Um grande e bem montado teatro secular onde sua família ocupava um dos papéis centrais. Sabia que não acreditavam em nada daquilo, ou melhor, pensava que talvez até acreditassem um pouco, mas não da forma como queriam que todos acreditassem que criam. A única coisa que Felipe sabia com absoluta certeza era que não desejava a vida deles. Queria, queria... Não sabia dizer o que queria. Aquela vontade de vida que se opunha à monotonia de sua rotina, a princípio, pareceu ser o grande cupido no caso do moço de elite com Vitória.

Comecei a explicar anteriormente, mas preciso reforçar, que as famílias do jovem Felipe e sua noiva estavam entre as mais conceituadas da cidade devido à emergente influência do Rio de Janeiro em toda a colônia. Eram mercadores potentes, donos de embarcações que atravessavam o Atlântico levando e trazendo riquezas. O clã tinha sempre, por exemplo, um representante na fragata principal da procissão de São Sebastião, que comemorava a fundação da cidade. Era uma festa das mais bonitas, pois iam todos para o sopé do Morro Cara de Cão, local onde o Rio surgiu, e de lá saíam vários barcos que passavam pela deslumbrante baía até chegarem próximos à igreja da Misericórdia, onde desembarcavam primeiro os grandes da terra, auxiliados por uma fileira de pretos elegantemente trajados. Quando todos estavam no continente, saíam em procissão para a Misericórdia e de lá para a igreja do Morro do Castelo.

Tinham o respeito dos grandes da Igreja, dos engenhos, das milícias e do comércio. Eram poderosos, mas eu via, entre divertido e penalizado, que tinham lá os seus muitos segredos, suas ossadas ocultas no armário pomposo de jacarandá. Eles não escapavam das histórias sussurradas às costas quando passavam. Por isso os Gama e os Muniz estavam na expectativa, pois achavam que tudo cessaria quando as famílias finalmente estivessem com seus laços de parentesco fortalecidos pelo casamento de Felipe e Sianinha e de posse do difícil e raro título do Santo Ofício para um dos seus. A pureza do sangue estaria atestada, calando para sempre os mesquinhos e invejosos.

Futrica, maledicência e inveja eram temperos que jamais faltavam na comida daqueles dias. Aliás... na de todos os tempos, creio eu! As casas eram praticamente coladas umas às outras e, a menos que o vizinho fosse surdo e cego, não havia como não ver e escutar certas coisas. A família de Sianinha, os Muniz, vivia bem no centro nevrálgico da cidade e tinha vizinhos mais colados, porém muitos eram negociantes ocupados que por ali mesmo tinham seus negócios e, quem sabe, talvez por isso tivessem menos tempo para bisbilhotices que os confinantes da família do noivo Felipe, os Gama, que viviam um pouco mais afastados.

Os colonos brasileiros também possuíam um hábito que considero irritante e mal educado: o de bater à porta uns dos outros a qualquer momento do dia sem prévio aviso. Os Gama tinham uma vizinha especialmente aborrecida, uma tal de Dona Gertrudes que adorava vigiar a mãe de Felipe, Manuella.

Mas, voltando à nossa história, as famílias acreditavam que o processo do Santo Ofício não seria assim tão complicado: afinal, por mais de uma ocasião serviram de testemunha para os processos de ingresso no clero, este corpo fechado que não admitia, como diziam, sangues infectados por condutas reprováveis, práticas de luteranismo, ascendência de judeus, negros, indígenas e afins. Tinham a gratidão de muitos, assim pensavam, e era a hora de cobrar. Outro fator que julgavam a favor deles era que a ação se desenrolaria toda na metrópole, em Portugal, onde também tinham meios de exercer influência e conseguiriam facilmente contornar qualquer inconveniência.

Felipe era o filho caçula entre os três que Antônio tivera e o filho único de Manuella, sua segunda esposa. O primogênito, Balthazar, fora cuidar da mina que possuíam em Vila Rica, em sociedade com os Muniz, e o do meio, Lucas, mudara-se para Lisboa para cuidar dos negócios da família do lado de lá do oceano. Vejam como sabiam se organizar: Balthazar tomando conta do ouro que saía e das mercadorias que chegavam a Vila Rica; no meio o pai, Antônio, recebendo e escoando a produção de ambos os lados; e o outro filho, Lucas, na outra ponta, na Europa, tratando de receber o que chegava da colônia brasileira e de embarcar as manufaturas que iriam de volta. Perfeitamente perfeito! Estava tudo dominado, mas Antônio sentia o peso dos anos. Era a hora de o terceiro filho – Felipe – entrar em cena.

O pai notava as escapadas do caçula, mas até sentia orgulho, pois pensava que passava da hora de o jovem começar a aprender as "coisas dos homens". Então, àquela altura da vida, as pressões e expectativas em relação a Felipe eram pesadas, e Vitória aliviava as cobranças sem fim, pois para ele era, sobretudo, pura alegria e colorido. Como esquecer que foi com ela que ele seguiu, todo coberto e disfarçado, a folia do Rei Congo da irmandade de Nossa Senhora do Rosário dos Homens Pretos? Todos os anos a irmandade saía às ruas, em grandes cortejos coloridos e ruidosos nos dias de Reis, com estandartes e ricamente vestidos. Alguns até com joias emprestadas dos senhores. Ficava fascinado com o ritmo, com os cantos... e as danças, ele exigia que ela repetisse só para ele, naquele mesmo quarto apertado.

Banharam-se nus nas praias longínquas e desabitadas e nas quedas d'água de uns recantos que só ela sabia encontrar. Havia uma chácara nas Laranjeiras com uma cachoeira belíssima, de que jamais saberia da existência não fosse por Vitória. Nessas excursões, contemplaram juntos o deslumbre verde da cidade do alto de morros e se divertiram quando ele tentou lhe ensinar francês e ela ensinar a ele palavras em quicongo. Felipe desenhava magistralmente e rabiscava as centenas de espécies vegetais e animais que encontravam pelos caminhos. Certa vez, desenhou-a banhando-se na pequena lagoa que se formava ao pé da cachoeira. Mordiscava frutas e ia traçando, sentado na pedra, os contornos dela que, distraída, se deleitava com a água fresca que aliviava a quentura da cidade naquela época do ano.

Foi com Vitória que Felipe aprendeu a manejar uma faca como jamais aprendera em outros lugares de "homens". Sabia que tinha escapado de perder a vida, no dia em que brigaram, apenas porque ela o amava, pois ninguém a vencia numa briga de faca. Foi ela que o ensinou também a decifrar quando alguém estava ocultando um segredo. Certa noite, ela o atraíra para trás de uma pequena capela próxima ao morro do Castelo, onde as flores de dama-da-noite exalavam seus odores doces. Tiveram um excitante e mágico encontro sob o luar e as estrelas. Depois admiraram a linda figueira majestosa que havia no lugar. Gostavam demais do corpo um do outro. Esta flor ficou sendo, desde então, o símbolo entre eles, um sinal. Por isso, quando abriu o envelope e não viu carta, mas pétalas de dama-da-noite, um frio percorreu sua espinha.

Depois das conversas amenas que sempre ocorriam na frente da requintada igreja do Carmo, ele foi para casa cear com os pais. O sino informou a hora da Ave Maria, e rezou antes de começar a sorver a sopa quente, atento aos ponteiros, que lhe pareciam avançar em passos de cágado. Após a refeição, aguardou impacientemente todos adormecerem e não fez caso do frio e da chuva fina. Escapou, oculto por uma capa, pela porta dos fundos.

Fiquei um tanto apreensivo, pois, àquela hora da noite, apenas os "proibidos" estavam à solta, ou os escravizados, que em fila iam levando os excrementos para a rua da vala ou para as praias. Era perigoso para um jovem rico e conhecido como ele. Caminhando com passo largo, escondendo-se e disputando os cantos escuros com as ratazanas, pulando as poças que se formaram após a chuva pouca, porém constante, lembrou-se das aventuras e divertimentos com ela, recordou o instante em que a avistou pela primeira vez. Não pôde deixar de admirar a coragem e ousadia em lhe enviar uma carta na saída de um dos templos mais nobres da cidade. Estava intrigado, pois era sempre ele quem a procurava, nunca o contrário. O que estaria acontecendo?

***

Ansiosa e olhando pela minúscula abertura na parede, que não era mais que uma entrada de ar, Vitória viu quando ele apontou na rua escura e úmida. Deixou a porta entreaberta e o rapaz entrou apressado no casebre de apenas um cômodo apertado e quente, já dizendo que não poderia demorar.

— Nunca podes. És ou não o meu marido amado?

— Ora, vamos parar com este teatro. Por qual razão me chamaste daquela forma imprudente, em meio a toda a gente que...

Ela fez um gesto para que se calasse e juntou seu corpo ao dele. Tão frágil ele parecia perto dela. Não era propriamente uma fragilidade física. Achava que Felipe era um menino que não sabia o que era viver verdadeiramente. Quando estavam juntos, sentia nele a mesma fome de vida que via nos olhos da ave engaiolada, que experimenta o que é estar na natureza, mas precisa voltar para as grades por não saber como buscar sustento fora.

No plano físico, parecia-lhe especialmente fascinante aquele contraste de peles. Ele de um branco leitoso e quase sem manchas. Alto, delgado como um elegante espadachim, com cabelos anelados e olhos da mesma cor do mel. Ela, o puro, brilhante e belo azeviche. Pouca coisa mais baixa que ele, com braços e pernas bem torneadas, um sorriso brilhante, olhos de um marrom profundo e com aquela cabeleira farta da qual tinha tanto orgulho, que se assemelhava à lã negra e macia com que a mãe dele tricotava casacos e meias para a família. No plano intangível, ele despertava nela certa vontade de proteger e dominar. Aquela relação com o filho de uma família do quilate do clã dos Gama possuía um sabor tão excitante de proibição, que fazia Vitória chegar ao clímax quase sem tocá-lo.

Via-se que gastou os cruzados que não possuía para aquela noite. A bacia de água onde se banhou estava encostada a um canto, ainda com pétalas de algumas flores. Estava cheirosa. Na mesa, frutas, um bom pedaço do melhor pão com uma faca espetada no centro, e um vinho. Ela acreditava que valia a pena o investimento, pois andava com muitos homens, mas apenas Felipe abraçava o seu coração. Nesta terra estranha em que veio parar por artimanhas da sina, vez por outra ouvia falar de amor e, a julgar pelas descrições, o sentimento que nutria pelo jovem bem-nascido era o que mais se aproximava dele. Sim, amava Felipe Gama. Acariciou-o do jeito que ele mais gostava, mas ele seguia imóvel.

— Dei-te tantas e inúmeras preciosidades, sinhozim, fiz tantos e valiosos favores e é assim que me pagas, como um frio cadáver? Vamos avivar as brasas que sei que tens por baixo desta capa.

Vitória enroscava-se pelo corpo de Felipe como a hera que sobe às árvores. Felipe esforçava-se para não ceder. Não eram certos estes encontros, ele pensava. Havia acabado de sair da igreja para, ato contínuo, correr como um insano para aquele quarto, mas era ali o único lugar onde sentia paz verdadeira. Pensava que as coisas estavam todas invertidas, pois era junto a Deus que deveria sentir felicidade. Fizera as orações antes da ceia na companhia da família. Ah, a família! Se soubessem de suas atividades secretas, era certo que o atirariam na lama mais fétida. Prefeririam vê-lo morto, pois era um cidadão de bem em formação.

Quase já não dormia, atormentado pelo pecado profundo e mortal em que julgava estar atolado até o último fio da cabeça. Olhava-se no espelho sem saber quem era, o que era... Precisava limpar-se. Era só no que pensava, em limpar-se da sujeira que não ele, mas todos acreditavam ser tudo aquilo que vivia com Vitória. Para todos os efeitos, praticava torpezas "contra naturam" extremamente condenáveis perante os cidadãos decentes, mas... Felipe tentava, mas não conseguia esconder de si mesmo que era por demais feliz quando estava com ela.

Nem ao confessionário tinha mais coragem de ir, e confessar-se com frequência era uma necessidade para atestar a boa conduta, a retidão e a dignidade de qualquer homem ou mulher. Religião... Pensava em sua mãe, Manuella, que, aproveitando a displicência – ou seria conveniência? – do marido, ensinava na verdade outra fé aos filhos. Desde pequeno, sempre soube que uma coisa era a vida pública de sua família, e outra, bem outra, era a privada. Um dia, quando ainda era uma criança, perguntou à mãe por que guardavam o sábado, e ela, carinhosamente, disse que eram coisas da tradição e que um dia saberia. Agora que já era um adulto, sabia perfeitamente que as famílias Gama e Muniz não nasceram com estas alcunhas tão comuns para famílias cristãs desde sempre. Na verdade, eles eram judeus convertidos...ou nem tanto.

Como contar o que estava vivendo ao vigário, tio de sua noiva e que já era praticamente seu parente? Confessar o que ia verdadeiramente em seu íntimo? Na verdade, não compreendia em nada o padre Diogo. De onde tirara tanta "beatice", se eram parentes, primos em segundo grau. Sua mãe Manuella, Dona Branca (a futura sogra) e o irmão dela, o Padre Diogo, eram primos. Não conseguia entender, mas o fato era que o padre Diogo notara sua ausência prolongada e suas esquivas em estar com ele a sós.

A esta altura, enquanto Felipe perdia-se em pensamentos repletos de culpa, dúvidas e pavor, Vitória havia retirado sua capa, seu paletó, seu colete, sua camisa, suas ceroulas.

Relacionamentos como o deles, tão fundamente proibidos, normalmente não tinham tempo para sacar toda a rouparia. O medo de serem flagrados e denunciados dava, quase sempre, um tom de urgência. Era uma raridade aquele momento.

 Ele estava imóvel, nu, e ela seguia enroscando-se, envolvendo-o, subindo com a língua sedenta. Embora tudo clamasse para que se abandonasse à paixão que sentia por ela, os olhos dele estavam cerrados e seu corpo pétreo, rígido. Ele sabia que podia dizer-lhe qualquer absurdo, qualquer sandice. Vitória não se espantava ou ensimesmava. Ela não o julgava jamais. Sim, não lhe agradava nem um pouco admitir, mas era demasiado forte o que sentia.

 Felipe puxou-a quase com raiva pelos cabelos abundantes e crespos, que faziam uma moldura perfeita para o rosto belo e provocante. Olharam-se com ardor, mas algo agulhava seu espírito. Até aquele momento, tudo havia sido divertido e prazeroso, mas julgava que não podia mais ser um jovem inconsequente. A hora da maturidade havia chegado. Quando ela, com sua boca ligeira e hábil, alcançou suas entranhas, Felipe a empurrou.

 – Deixe-me, Vitória... Vou me casar com Sianinha em breve!

 Foi então que tiveram a luta corporal pesada que relatei no princípio, e que apenas terminaria quando ela, armada da faca que estivera fincada na broa de milho, lanhou o rosto dele e lhe arrancou sangue. Apenas a visão do líquido vermelho escorrendo do corte a fez recuar. Felipe tentava recobrar o fôlego e estancar o sangue com a manga da camisa. Não viu que ela havia tirado o resto da pouca roupa que vestia, deixando apenas o pequeno pano que lhe cobria o ventre.

 A luz da lua, saindo de trás das nuvens pesadas, entrava pela fresta do cubículo dando um brilho prateado a um corpo definido, talhado. Ele era fascinado pelo poder que ela emanava. Devo confessar que eu também. Quando ele parecia ter saído de uma espécie de transe e antes que pudesse pensar em voltar a lhe dizer impropérios ou agredir, ela emendou:

— Inhozim Filipi... ouve o que ando escutando do gentio no cais. Vai chegá aquele tal vigário do teu Cristo. Num era sobre isso que me falaste outro dia...?

Ele deu um salto, esquecendo a dor do ferimento. Murmurou para si mesmo um tanto assustado: "O visitador, o inquisidor..."

A vinda dele era uma possibilidade distante, pois o mais provável era o julgamento do processo do tio de Sianinha, o vigário Diogo, acontecer na metrópole em Lisboa. Havia comentado algo muito por alto com ela. Felipe sentiu um aperto ainda maior no estômago. Vitória, aproveitando sua admiração, falou desafiadora.

— Escute bem, inhozim Filipi. Sou Vitória e qualqué que me chame por outro nome sangra na ponta da minha faca, mas o sinhozim não esqueça que pros grande da corte, pros Gama, os Muniz e os "filho de algo" da tua gente, com o que a natura deu-me... — Ela fez uma pausa dramática para tirar a pequena faixa que lhe cobria o sexo.

— Sou tão homi quanto tu.

Felipe tremeu, pois o amor que o atormentava não era apenas pecado. Era considerado repugnante e ofensivo em grau tão elevado que era punido com os mesmos rigores dos crimes de lesa-majestade, ou seja, com as galés, o degredo ou a morte.

DIAS DEPOIS, QUANDO O SOL ABRASAVA COM FORÇA...

No mês de fevereiro do ano da graça de Nosso Senhor Jesus Cristo de 1744, o pau da bandeira no Morro do Castelo avisava que novo navio vindo de Portugal estava no porto. Eu via a alegria e o alívio nos rostos, pois certamente a embarcação trazia produtos essenciais que sempre estavam em falta nesta parte do mundo. Quando a nau finalmente ancorou, Frei Alexandre Saldanha Sardinha desembarcou banhado em suor. Abanando-se freneticamente e de forma afetada, não conseguia pensar em nada que não fosse água fresca, comida minimamente decente e um leito em terra firme.

Protestara bastante quando fora designado, pelo Tribunal do Santo Ofício, como membro da Mesa de Consciência e Ordens, para verificar os fiéis deste lado do oceano. Não era brincadeira de infantes o que escutavam na metrópole sobre o que ocorria na América portuguesa, a "terra do pecado". Para que enviá-lo, se havia comissários locais do Santo Ofício? A pergunta era pura retórica, porque Saldanha Sardinha sabia que, por vezes, esses religiosos facilmente se corrompiam ou, por estarem demasiadamente mergulhados nos costumes do lugar, afrouxavam as rédeas.

Após pesar prós e contras, acabara concordando. Vira que os prós estavam infinitamente mais robustos na balança. O prato que pesava os motivos a favor de sua vinda quase encostava no chão... abarrotado de ouro. Não apenas ele via estas possibilidades de fortuna, pois vieram no mesmo navio antigos agricultores, pessoas com laivos de nobreza, comerciantes, aventureiros ingleses, holandeses, franceses... Todos cegos pela febre do ouro das Minas Gerais. Vinham também das ilhas da Madeira, dos Açores e de todo o Portugal.

Alexandre fora recebido com as pompas e circunstâncias devidas a uma personalidade do seu quilate pelas autoridades seculares, religiosas e por delegações de jesuítas, carmelitas, franciscanos e beneditinos, todos com seus pretos, que levaram em cadeirinhas e burros de carga o ilustre convidado, seus anfitriões e suas bagagens para os aposentos do convento de Santo Antônio, no alto do Largo da Carioca. Uma ermida defronte de uma lagoa, ao lado da rua do Egito, onde o convento erguia-se dominando a paisagem.

A ideia era hospedá-lo no Carmo, mas os aposentos estavam em reformas e, como o frei desejava um local afastado dos "agitos da cidade", o monte de Santo Antônio pareceu o mais adequado. Os escritórios do Santo Ofício na cidade funcionavam na Rua Licenciado Antônio Carneiro, em casas da Irmandade do Santíssimo Sacramento da Freguesia da Candelária, mas, ao menos no início, o frei avisou que desejava trabalhar recluso no convento. Não queria ninguém perscrutando seus planos.

Afastando a fina cortina do transporte, Saldanha Sardinha foi olhando a primeira urbe que finalmente conhecia neste lado da Terra. Sim, desde que a embarcação avistou o continente, notara que os viajantes ao longo de dois séculos não haviam exagerado em seus relatos. Era uma belíssima paisagem natural, de uma exuberância como jamais havia visto. Que plantas e pássaros eram aqueles tão coloridos? E o verde límpido do mar em contraste com as montanhas majestosas? Estava vivamente impressionado. Embora soubesse também por relatos, Frei Alexandre observava admirado: "Como é preta a gente desta cidade!"

Olhava espantado e tapava o nariz, pois São Sebastião do Rio de Janeiro podia ser considerada a cidade mais suja que jamais vira. Os dejetos atirados às ruas e nas praias traziam de volta a imundície de um lugar que superlotou sem qualquer ordem. Alguns sobrados pomposos sobressaíam entre muitas casas feias, porcos e outros animais domésticos comiam o lixo a se amontoar por todos os cantos das ruas. "Um cenário caótico" – pensou – "em meio a um paraíso pintado por Deus". O frei viu, curioso, que em muitas esquinas havia oratórios, o que demonstrava ao menos uma vontade genuína de devoção. Identificou um louvor a Nossa Senhora da Abadia na esquina da Rua da Quitanda com a Rua do Rosário.

As fachadas das casas eram todas ocultas por telas que permitiam às senhoras e suas escravas verem o que se passava fora, sem que os de fora pudessem identificar o que ocorria dentro. Senhoras de bem não se expunham com frequência. Expostas nas ruas estavam todas as outras mulheres que não eram as "do lar". Uma rapariga retinta, que não devia ter mais do que 13 anos, sorriu com belos dentes alvos oferecendo algumas frutas aos transeuntes; um idoso tirou com humildade o chapéu: os vincos de sua face escura tinham uma beleza de mapa; outro homem, vestindo apenas uma calça feita de sacos de juta e carregando fardos, mirava com certo desdém. Um desprezo exposto no olhar e na postura segura de quem se sabia possuidor de um corpo que era secretamente invejado e, por isso mesmo, constantemente maltratado.

O calor se assemelhava ao da boca de um vulcão e, não fosse a cortina do transporte, os mosquitos e outros insetos, atraídos pela temperatura somada aos restos de comida a céu aberto, fariam a festa em sua pele desacostumada aos trópicos. Viu dois moleques banhando-se em um chafariz, reluzidos pela água e pelo sol que os dourava. Os panos que levavam atados nas cinturas, mal lhes cobriam "as vergonhas" e, molhados, deixavam os jovens praticamente nus. Procurou não deter as pupilas nos seios quase à mostra sob a bata de tecido ordinário da mulher que levava um balaio enorme na cabeça, em equilíbrio e malabarismo impressionantes.

Eram muito belos, admitia intimamente, mas jamais diria tal coisa francamente. Sim, em Lisboa via figuras semelhantes, mas o clima não permitia estas vestimentas. Olhava as pernas, torsos, traseiros... Lera todos os relatos que, segundo o corrente na metrópole, faziam desta parte do planeta um desafio à civilização e às práticas santas. Observando atentamente os cenários pelo caminho, refletia: "Não há como não ser a terra do pecado". Benzeu-se três vezes sem muita convicção.

Além de verificar de perto as heresias graves, o clérigo Sardinha estava encarregado de investigar também a pureza do sangue de alguns religiosos que postulavam a entrada na Santa Inquisição. Tarefas difíceis que exigiriam dele paciência, disposição e critério. Estava ciente da enorme responsabilidade que era dar passagem a alguém em tão ilibada instituição, que enchia de prestígio toda a família do candidato por gerações, mas, para além deste fato, ele não se permitiria e não se perdoaria por deixar entrar uma pessoa de sangue impuro em um grupo a que ele próprio pertencia.

Pensou que era uma sorte que parte da investigação de um dos habilitandos ao posto de inquisidor, o religioso Diogo Muniz, se daria no Rio de Janeiro. Desta forma, poderia demorar-se um pouco mais na cidade antes de partir no longo caminho do ouro para as Minas Gerais. Seriam no mínimo 60 longos dias até chegar às obras das matrizes que estavam sendo erguidas em diversas localidades daqueles sertões. Lisboa queria alguém de muita confiança para ver de perto a quantas andavam as construções que estavam levando uma fortuna quase incalculável em ouro. Ninguém melhor que o robusto, ainda jovem e ousado frei Alexandre Saldanha Sardinha.

A notícia de sua chegada logo se espalhou, deixando a população agitada. Começaram a se multiplicar os convites para ceias, recepções e audiências. No entanto, ao menos neste início da missão, estava concentrado em estudar os casos que iria julgar. Depois de dominar todos os aspectos já ponderados nos documentos, passaria às oitivas, ou melhor, às denúncias e, este sim, seria o momento certo para, digamos, frequentar as rodas, pois a observação dos detalhes era um dos seus pontos fortes.

No caso das obras em Minas, a Mesa de Consciência e Ordens fazia o controle mais rígido, fiscalizando as anuidades cobradas, os bens, os livros internos, a ereção e a construção de templos, como no caso da igreja colossal Santo Antônio do Rio das Mortes, que estava quase finalizada pela Irmandade do Santíssimo Sacramento e era subordinada às autoridades eclesiásticas e temporais. Caberia a ele ver todas as coisas em mínimos detalhes, pois era conhecido como rígido e implacável com os desvios de qualquer ordem.

Saldanha Sardinha sempre gostava de dizer que Deus escolhia para o êxito aqueles que eram capazes de observar os pormenores. Fazia parte de sua tática deixar que certa tensão se instalasse pela sua presença, pois acreditava que o sentimento de culpa era o dedo duro mais fidedigno. Ainda segundo sua teoria, pessoas ou famílias honradas, e que nada deviam, não tinham motivos para ansiedades, temores ou desejos de bajulação exagerada. Tudo ao seu tempo, pois, de toda forma, caso alguma ocorrência grave fosse verificada, o julgamento final se daria em Lisboa. Não tinha pressa.

O frei lusitano ficou praticamente enclausurado durante um mês que pareceu uma vida octogenária para os Gama, os Muniz e uma infinidade de fiéis que queriam sua bênção ou escapar de seu julgamento. Este tempo também pareceu infinito para os que esperaram muito para apontar seus dedos acusatórios. Motivos não lhes faltavam, pois durante as investigações, caso algum fato fosse identificado como crime de lesa-majestade – aquele considerado traição por violar a dignidade do soberano –, ou seus equivalentes, o criminoso poderia ser punido com tortura e execução pública, jogando na desgraça sua família inteira. Por outro lado, também poderia mudar radicalmente para melhor o destino de outros, pois, uma vez comprovado o delito e o investigado preso, o acusador poderia ficar com até metade dos seus bens, a depender da denúncia. As leis às quais o Brasil como colônia estava subordinado, e em especial o Santo Ofício, eram especialistas em estimular algo muito útil: a delação premiada.

O título 116 do livro quinto das Ordenações Filipinas e que se intitulava "Como se perdoará aos malfeitores, que derem outros à prisão", não deixava margem para dúvidas: seriam perdoadas as penas do delator que se tivesse associado a outro em crimes que constam na norma e ainda receberiam recompensas em dinheiro. Caso quem se dispusesse a denunciar não tivesse cometido crime algum, também ganharia recompensas. Era o "pagamento de pecúnia àquele que possibilitar a prisão e provar a responsabilidade do salteador de caminhos".

Esta expressão "salteador de caminhos"... sempre rio dela. Quem "rouba" o bom caminho de quem neste mundo de infelicidades em série?! Aliás, precisavam mesmo, antes, pensar na definição da palavra "saltear" ou "roubar", mas deixemos as elucubrações de lado. Para alguns, tais normas eram o horror, pois oficializavam na letra da lei a bisbilhotice, a fofoca, a futricaria e a maledicência, fazendo destes hábitos viciosos um próspero negócio, moeda de troca poderosa e meio de vida. Para outros, tais ordenações eram uma bênção exatamente pelos mesmos motivos, e o Frei Alexandre Saldanha Sardinha sabia jogar como mestre com estes medos, opiniões e expectativas, além de ter na cabeça os parágrafos, incisos e capítulos de todas as principais leis.

Um crime em especial lhe apetecia julgar, pois se encaixava entre os punidos com os rigores de lesa-majestade. Aquele do "pecado que não ousa dizer seu nome", o do pecado nefando, mortal e, de acordo com o que acreditava, fruto de profunda doença psíquica provocada pelo inimigo que vinha das trevas: a sodomia. Eram-lhe repugnantes todos os que infringiam as sagradas leis da natureza dando-se entre iguais. O frei não escondia seu nojo de homens que se entregavam a outros homens e mulheres que ousavam amar como maridos a outras mulheres. Estava seguro de que não permitiria a reedição de Sodoma e Gomorra. Recitava para os acusados com prazer o texto das Ordenações:

> Toda pessoa, de qualquer qualidade que seja, que pecado de sodomia por qualquer maneira cometer, seja queimado e feito por fogo em pó, para que nunca de seu corpo e sepultura possa haver memória, e todos os seus bens sejam confiscados para a Coroa de nossos Reinos, posto que tenha

descendentes; e pelo mesmo caso seus filhos e netos ficarão inabilitados e infames, assim como os daqueles que cometem o crime de Lesa Majestade. E esta lei queremos que também se estenda e haja lugar nas mulheres, que umas com as outras cometem pecado contra a natureza, e da maneira que temos dito nos homens.

Observei que Felipe Gama estava praticamente incolor, pois se via ainda mais branco do que a brancura de que se revestiu no dia em que recebeu o envelope de Vitória, na porta da igreja. Seu estado estava a preocupar os de casa, especialmente sua mãe. A palidez, as olheiras, a inapetência... Perdia peso a olhos vistos. Recentemente ela observara que ele aparecera com um corte feio no rosto, e não acreditou nem por um segundo nas explicações que dera para a ferida. O marido repreendeu-a, pois achava que o filho havia entrado em alguma briga de homens de verdade e defendeu-se bem, pois estava vivo, apenas com um corte na face.

"Teria ele pego alguma doença dessas mulheres de vida fácil?", pensava ela com preocupação. "Ah, o sentido aguçado das mães!", pensava eu. Dona Manuella não se convencia de que estava tudo normal. Algo grave estava ocorrendo, e justo naquele momento tão importante, com o frei de Lisboa por perto e prestes a julgar a requisição de ingresso do primo Diogo no Tribunal do Santo Ofício. A mãe do jovem suava pelo calor do Rio de Janeiro no verão e as preocupações com o momento delicado em que estavam.

Apesar de abatido, Felipe buscava levar sua vida normalmente e se afastar ao máximo de Vitória. Chegou a pensar em contratar algum miliciano e eliminá-la. Fosse outro, já o teria feito, mas faltava-lhe coragem. Não se perdoava por sua covardia. Não se perdoava por tê-la assim, tão profundamente enraizada dentro de si.

Naquela noite fatídica, Dona Manuella muito insistira para que fosse dormir, mas ele, dizendo que já subiria para o quarto, se demorou um pouco mais na sala com seus pensamentos. Ouviu uma batida leve. Não deu importância até que ela se repetiu três vezes. Era muito tarde e os pretos já estavam todos recolhidos. Foi verificar ele mesmo e se irritou ao vê-lo de novo, o moleque de recados. Mais uma vez não deu tempo de nada, pois mal entreabriu a porta e o garoto atirou-lhe outro envelope aos pés, saindo em disparada noite adentro. Abriu a missiva no auge da irritação, pensando que desta vez mandaria realmente matar Vitória, mas estancou. Agora era uma carta verdadeira. Nada de pétalas de flores e romantismo.

Vossa Excelência Reverendíssima,
Senhor Frei Alexandre Saldanha Sardinha,
Desde que tomei conhecimento do que anda a praticar o Arrenegado, o Sonâmbulo, o Tutú do futuro negociante, filho do Rico Antônio Gama, que não como e nem durmo. Digo minha Salve Rainha depois de jantar e tenho dado tão grandes gargalhadas, que já me dói a barriga por ver desmascarado o caráter de Felipe Gama. Mas que disse eu? Que nome proferi diante de respeitável e nobre autoridade? Felipe Gama... ao dizer este nome refiro-me a uma pessoa tida em alta conta nos círculos mais importantes de nossa sociedade. Um jovem sem honra e sem religião. Ao dizer Felipe Gama, digo do escândalo, do escracho, da vergonha da elite e o ridículo de redingote de veludo, o safado, o patife, o monstro... a figura da SODOMIA, da PEDERASTIA e do

PECADO NEFANDO! Pratica suas sujidades com quem lhe der confiança, mas principalmente com um negro que se diz mulher e usa um pano atado à cintura à moda dos quimbandas, com as pontas atadas na frente, deixando uma indecente abertura no centro. Criaturas maléficas que dizem possuir poderes. Não tenha medo deles, senhor, sove-os! Fogo neles!

As gerações futuras hão de saber de vosso heroísmo, pois o tempo tudo gasta, rói, carcome... Só o nome a lombriga não consome.

    A carta prosseguia dando detalhes do que Felipe julgava que ninguém pudesse saber. Estava endereçada ao frei, mas foi entregue em suas mãos; logo, quem a escreveu ameaçava denunciá-lo aos grandes da Corte, o que equivalia à execração pública de toda a sua família e descendência, além de uma sentença de morte ou coisa que o valha. Quase no final, uma frase muito sua, que costumava usar quando se derramava em palavras de amor para Vitória. Ela gostava de ouvir coisas belas... Não precisava olhar o papel. Sussurrou de si para si e de pálpebras fechadas, mal contendo as folhas entre os dedos trêmulos: "Nada digo de ti, que em ti não veja".

    Felipe tremia feito um arbusto novo ao vento, lívido com aqueles papéis nas mãos, enquanto apenas os sons dos grilos enchiam o ar da noite. Quando a manhã clareou, talvez já conseguisse recitá-la de cabeça, tantas foram as vezes em que passou os olhos no texto, sem conseguir atinar em quem poderia estar tentando aterrorizá-lo daquela maneira. O miúdo dos recados era o mesmo do dia em que recebeu o chamado de Vitória às portas do Carmo, mas não poderia ser ela: afinal, se fossem descobertos, ela também estaria em seriíssimos apuros.

Correu a encher o copo. Só a bebida poderia aliviar o estado de tensão em que se encontrava por ver-se vigiado sem saber por quem. Que espécie de feitiçaria seria aquela? Abaixou a cabeça na mesa e só despertou com o toque da mãe, que sempre acordava antes de todos, quando ainda estava escuro. Desceu correndo as escadas quando viu o filho Felipe caído debruçado sobre a mesa. Ordenou que o servo de dentro, Juvenal, o levasse para o quarto.

Quando Felipe despertou ainda zonzo, com muitos enjoos e a cabeça explodindo, deu de cara com Manuella lhe empurrando uma xícara de um chá amargo. Mesmo sentindo-se a última das criaturas, percorreu desesperado com as mãos a cama e o corpo em busca da carta. Sentiu que ia desfalecer quando ela, semblante sério como nunca, pôs as mãos na gola do vestido e desceu até os seios para retirar algo. As mãos nos seios iriam a qualquer momento puxar a carta. O que diria? O que faria? Seria um escândalo.

– E agora que chegas à idade adulta, que és praticamente um homem, de casamento marcado com uma moça direita e de família honrada, estás a nos envergonhar e manchar! – Furiosa avançou no discurso.

– Nunca em nossas vidas, Felipe Gama, jamais imaginamos ter que lidar com isto! Bêbado, ferido sabe-se lá como e por quem, desmazelado e com a aparência que nunca deveria ter alguém de nossa estirpe! A vizinha futriqueira Dona Gertrudes não tardará em soltar seus venenos entre toda a gente.

Enquanto ela desabafava as angústias com o novo comportamento do filho, Felipe pensava se os pais teriam coragem de entregá-lo às autoridades, se iriam expulsá-lo de casa, cortar-lhe os proventos ou enviá-lo para alguma parte remota da colônia.

Dona Manuella estava com as faces vermelhas de raiva e finalmente puxou o que escondia de dentro do decote: um lenço de linho bordado que ela usava para aplacar o calor real ou o provocado pelas emoções, juntamente com o leque folheado a ouro. Felipe não sabia se sentia alívio ou pânico. Não era a carta, mas onde estaria aquele maldito texto? Ela falava sem parar, e ele imaginando o papel em um canto qualquer da casa, para ser achado por alguém que não era ele. Precisava ser encontrado urgentemente. A mãe continuou um sermão de que nem mesmo o padre Diogo seria capaz sobre o vício da bebida.

Quando Dona Manuella saiu do quarto, batendo a porta com estrondo atrás de si, ele esqueceu a dor de cabeça e se pôs numa busca frenética. Já estava a ponto de desistir e enlouquecer quando Juvenal entrou no recinto.

— É isso o que inhozim tá procurano?

Felipe voou na direção dele e puxou os papéis de suas mãos. Juvenal não sabia ler, mas nunca se sabia. A curiosidade poderia levá-lo a buscar alguém para decifrar as letras e, se isto acontecesse, seria a sua ruína. Um pouco mais tranquilo, Felipe pediu a Juvenal que saísse, queimou a carta, fechou as janelas e voltou a dormir. Sua vontade era dormir para todo o sempre. Não havia motivos para continuar acordado... ou será que havia?

MUITOS ANOS ANTES, QUANDO OUTROS VIVIAM NO MESMO CORPO...

Vitória era o seu quinto nome desde que viera ao mundo. Ela nascera como o menino Kiluanji Ngonga. Quando entendera sua verdadeira natureza, foi chamada de Nzinga Ngonga, depois virou sacerdotisa e era chamada de Nganga Marinda (sacerdotisa dos mistérios ancestrais). Desembarcou na América sequestrada dos seus e a batizaram como o homem Manuel Dias. Depois de conquistar sua liberdade, escolheu ser apenas Vitória, pois era assim que se considerava: vitoriosa. Considerava-se quase invencível, pois muito pouca gente que caminhava sobre a Terra havia vivido cinco existências em uma mesma, e escapado de tantos perigos.

Esmero e capricho também poderiam ser seus nomes, pois sua figura chamava a atenção pela forma como se apresentava. Tantas foram as vezes que a chamaram de suja e imunda, que desenvolvera uma obsessão por apresentar-se impecável. Sendo considerada por muitos uma aberração, pensava que seria ainda mais rejeitada caso se apresentasse com o desleixo de certas damas que via nas ruas. Uma mania dispendiosa e considerada pecaminosa esta de estar lavando-se e tocando-se o tempo todo. Era coisa do inferno mais profundo, diziam suas vizinhas, nitidamente despeitadas por ela conseguir recursos para comprar água com frequência. Acostumara-se aos banhos com os índios; aliás, a maioria dos aguadeiros eram índios das missões dos Jesuítas. "A água vem dos céus para todos, mas quem ganha patacas com ela são os curas", pensava.

Ela levava sempre um pano alvo e cuidadosamente amarrado na cabeça. Andava especialmente preocupada com os cabelos, pois tinha que lutar constantemente contra as infecções por piolhos, uma praga irritante que afetava toda a população, mas especialmente as mulheres da vida por deitarem-se com parceiros asquerosos. Não podiam evitar, pois dinheiro era dinheiro e ele não aceitava recusas, mas tratava de cuidar-se. Fumo macerado e misturado a água para jogar na cabeleira era um santo remédio para mantê-la livre de piolhos, mas ela raspava o restante do corpo para diminuir as chances destas infecções tão comuns. Também conservava os cabelos bem untados com óleo e amarrados ou trançados. Só os soltava para Felipe, e ele se esparramava enorme, lindo como as folhagens da figueira do local onde sempre se encontravam.

Ela sabia de coisas que as companheiras de lida esnobavam. Colocavam a saúde e o vigor que ela aparentava na conta do que consideravam sua natureza rude e quase animalesca. Vitória pensava: "São umas pobres diabas". Recriminavam-na, mas, quando sentiam suas dores, era a ela que recorriam por seus poderes de curar espinhela caída, bicheira e quebrantos; dor de dentes, obstruções e carnes quebradas; baço, erisipela e sapinhos da boca; retenções da urina, sangue grosso e febres. Vitória era conhecida mandingueira ou, como diziam, calunduzeira. Mascava fumo sempre que podia e seus dentes não apresentavam os podres da maioria. Tinha um sorriso que a envaidecia. No entanto, o fumo tinha outra função prática: mitigar a fome. Não raro, apenas aquelas folhas adormeciam o estômago, pois nem sempre a clientela surgia para lhe garantir o sustento.

Quando olhava sua figura refletida, o que via era apenas uma mulher... E uma mulher bela. Não se importava com o que levava entre as pernas. Sentia-se fêmea e não admitia que lhe dissessem o contrário. A faca andava amarrada em sua coxa para arrancar com ela o respeito que não lhe davam por bem.

Nascera no Congo, nas margens de uma lagoa. Ainda não havia chegado à idade das iniciações quando perceberam que era diferente. Para a metrópole isso poderia ser condenável, mas tinha um lugar entre os seus. Não gostava de pensar nos motivos que a colocaram onde agora se encontrava e nem de recordar sua travessia pela calunga grande, que eles chamavam de oceano. Doía-lhe lembrar do momento em que descobriram que ela possuía um falo e não uma vagina.

Estava lá no convés, misturada a todas. Ninguém percebera, até que despiram o enorme grupo para um banho de água salgada e sol na embarcação. Fora então obrigada a descer para o porão, com os homens. Não sem antes receber açoites que sangraram enormemente e ganharam um balde de água salgada para estancar. Só não acontecera coisa ainda pior, só não fora parar no fundo daquela imensidão de águas ora verdes e ora azuis, porque ali eram todos considerados carga. Perder dinheiro por uma peça sadia ninguém desejava. Ganhou o nome de Manuel e era ainda tão jovenzinha... foi vendida para um e para outro e depois para outro.

Seu corpo estava alquebrado. Pensava que o grande objetivo de tudo aquilo era o açoite. Apenas extravasar, desabafar a dureza e a pequenez da própria existência estraçalhando outro corpo. Ela era tão nova... Até que foi parar em uma família onde conquistou a liberdade graças aos seus grandes poderes e ao senso de oportunidade nascido da necessidade de sobreviver.

O senhor era um jovem comerciante casado e com três filhos pequenos. Apesar de ser de família abastada, não conseguia evoluir. Perdia muito dinheiro aparentemente sem motivo, pois os negócios eram desfeitos e os bens desapareciam. Quando estava para fechar algum contrato de vulto, algo acontecia e não se concretizava. A família do moço, famosa por ter conquistado dinheiro e prestígio no passado, estava irritada e desolada com sua falta de habilidade.

Até que um dia Trovador, o cão favorito da casa, desapareceu. Não podiam acusar nenhum dos pretos porque por sorte todos estavam dentro da residência da família quando o senhor chamou pelo cão, que havia poucos minutos estava junto deles. Puseram-se a procurá-lo sem sucesso, até que, no dia seguinte, o animal apareceu... Decapitado.

O horror da família foi enorme. Vitória, ainda Manuel nessa época, viu ali sua grande chance. Decidiu arriscar. Esperou acalmar a ira do senhor, pediu licença e, de cabeça sempre baixa, disse que poderia desvendar todos aqueles mistérios e ainda devolver-lhe a prosperidade. Desconfiado, depois de ponderar muito sobre a heresia que poderia estar prestes a cometer, o senhor decidiu que tinha muito pouco a perder. Foi então que ela lhe disse:

– O sinhô é um homi de cumércio... Tá peparado p'a um trato? Si eu dissé agora, aqui na frente de meu sinhô, onde tá a cabeça do Trovadô, quem fez essa mardade e tá lhe passano pra trás nos negócio, si eu descubri isso tudo... O sinhô me deixa livre? Eu lhe prometo que vai tê as pataca pra comprá um nego mió que eu.

Muito desconfiado, mas com a curiosidade e a vontade de se livrar de tantos problemas para os quais não enxergava saída, ele aceitou. Mais uma vez pensou: Caso Manuel não conseguisse, seguiria na casa e ele nada perderia, mas lhe daria uma boa surra para deixar de mentiras. Caso conseguisse, ele teria como reverter sua situação e, de fato, poderia comprar outra peça. Aceitou.

Adivinhar a localização de coisas perdidas fez parte de seu treinamento religioso em sua terra natal. Vitória então se agachou, pegou um punhado de terra de olhos cerrados e, como se conversasse com ela, sussurrou algumas palavras incompreensíveis. Soltou a terra dentro de uma tigela com água e olhou o desenho que se formava.

– Sinhô, a cabeça do Trovadô tá no pé daquele morro que chamam Descanso, onde fica o cafofo. Podemo ir lá assim que o dia clariá. Chegano lá quem tá lhe acabando com o dinheiro vai sê o primeiro a lhe falá.

O Cafofo era, na verdade, o Calabouço, a prisão no pé da fortaleza de São Tiago. Partiram para o local muito cedo e, lá chegando, já se espantaram com uma agitação fora do normal, pois a guarda estava amedrontada e acreditando que a cabeça de cão achada na entrada da fortaleza era feitiçaria. Os guardas eram todos muito crédulos e amedrontados com o sobrenatural. O senhor desceu do cavalo e reconheceu ser a cabeça do Trovador, mas nada disse. Avistaram o vizinho do senhor levando gente de sua propriedade para o castigo. O Cafofo era um lugar que metia medo. Era para lá que os senhores que não queriam aplicar os castigos levavam os pretos para a polícia castigar. Pagavam por isso. Deixando a fila de dois homens e uma mulher cabisbaixos de lado, o vizinho veio logo em sua direção.

– Vejam! Chegou o dono do cão! Antônio, o que isto significa? – disse cinicamente.

– Vossa mercê é quem vai me dizer.

Vitória lhe sussurrou: "A corrente do trovadô tá no saco dele". O senhor pegou a corrente do cachorro morto na algibeira do vizinho. Deu-se uma grande confusão, pois Antônio lançou-se ao pescoço do homem. Foram todos para dentro da fortaleza e, no auge da raiva, Antônio passou a acusá-lo de roubo e espionagem de seus negócios. O vizinho, de acusador, passou a acusado. Puxou uma faca e tentou reagir, mas Vitória, desde sempre muito ágil nas lutas e nessa época ainda em sua versão Manuel Dias, o desarmou antes de qualquer um.

Não apenas os guardas se assustavam com poderes mágicos. O vizinho, assustado com a forma como fora descoberto, para ter a pena diminuída, terminou confessando seus delitos e se traiu na fala, revelando que a cabeça do cão, que todos sabiam de quem era, fora posta ali para implicar a Antônio com a guarda. O vizinho foi ao Calabouço para castigar e prender, mas acabou preso e castigado. Desta forma, Manuel ganhou finalmente a liberdade e fez nascer Vitória.

A partir desse dia, ela, que acreditava ter perdido suas habilidades na terra dos brancos, que se achava fraca e sem poderes para lutar contra os deste novo mundo, que passara a acreditar inútil tudo o que um dia fora e aprendera, compreendeu que nenhum conhecimento se perde, e que podia mais do que muitos dos que se achavam ou se diziam poderosos. O senhor de Vitória realmente melhorou de vida e passou a lhe devotar gratidão, não apenas dando-lhe a alforria, mas custeando o pequenino lugar que ocupava. No entanto, "ingratidão é um vício de sinhô e de sinhá", dizia, e para se prevenir desta "mania" senhorial, ela tratou de descobrir todos os segredos e piores crimes do ex-senhor.

Anos mais tarde, um belo dia, quando ele já se achava estável financeiramente e bem estabelecido, entendeu de cortar-lhe o auxílio. Ela o cercou de surpresa em um beco, na saída de uma bodega. Sacou da faca que levava amarrada na coxa, por baixo da longa saia, e passava-lhe suave a pequena lâmina pelo rosto de barba espessa e grisalha. Foi descendo pelo pescoço e parou por meio segundo em sua jugular.

O homem fechou os olhos acreditando ser o seu fim. Ela sorriu irônica, divertindo-se com o medo dele. Seguiu passeando a faca pelo corpo de Antônio. Parou em seu peito, em sua barriga e, quando chegou em seu pênis, pressionou com o lado sem fio da lâmina, com força calculada para não ferir, mas para deixá-lo verdadeiramente aterrorizado. Sem abrandar a pressão da arma, disse com toda a calma:

– Meu sinhô não precisa mais de u'a pessoa como eu. Entendo... Culpa não lhe cabe – subitamente mudou para um tom raivoso e grave.

– O que lhe tem cabimento é fazê companhia pro sinhô seu vizinho no cafofo e pra nunca mais sair de lá, seu nojento!

Disse que possuía provas de que o local onde residia com a família não era dele, que as escondeu muito bem e que não adiantava tentar eliminá-la, pois outras pessoas sabiam onde encontrar e estavam instruídas a mostrar ao verdadeiro dono caso ela desaparecesse.

Tudo mentira. Ouvira em um golpe de sorte, quando o senhor já um tanto alcoolizado fizera esta revelação enquanto conversava com um sócio na sala de casa. Havia falsificado certificados de propriedade. Daquela e de outras. Ele não se dava conta de que pretos podem estar cativos, mas possuem ouvidos. E Vitória sabia muito bem o que fazer com as informações que chegavam aos dela.

– Despois de todo esse tempo, o sinhô tem argum motivo pra duvidá que cumpro meus trato? Nunca lhe incomodei, mas o sinhô num tem palavra, como num tem palavra nenhum sinhô e nenhuma sinhá nesse mundo. Entonces, tô aqui pra recordá vossa mercê.

Guardou para si o que sabia, blefou no momento oportuno e ganhou, finalmente, um espaço definitivo para viver. Esperta, Vitória ainda tinha clientela na guarda e, com isso, também possuía certa proteção. Usava tudo o que aprendera para não se ver outra vez como posse de nenhum senhor, mas nada do que sabia a preveniu contra a magia que lhe estrangulava o coração. Felipe passou a ser um ponto desguarnecido na muralha da fortaleza que erguera ao redor de si.

MENSAGENS CIFRADAS

Dona Branca podia ver que o velho tentou correr, mas, sem forças nas pernas, fora arrastado, puxado pela barba longa e por uma multidão, até a pia batismal da igreja mais próxima. O povo orava em voz muito alta e gritava: "Arrependa-se! Peça perdão a Cristo!". O velho encarquilhado, de barbas molhadas na pia do templo católico, tinha o rosto de seu avô, e ele a olhou com desdém, como se a amaldiçoasse. Sua avó, ao lado dele, repetia sem trégua em direção à multidão que o forçava a receber na cabeça a água benta: "Negro batismo! Negro batismo! Negro batismo!". Sinhá Branca Muniz acordou num salto no meio da madrugada, ainda sentindo o peso do olhar rancoroso do idoso direcionado a ela como um dardo.

Tivera um sonho, ou melhor, um pesadelo, mas ele lhe parecera tão real... Depois de rolar na cama sem conseguir conciliar o sono outra vez, levantou-se, mas foi jogada novamente para dentro do sonho ruim ao ouvir os murmúrios dos pretos da casa. Na porta da frente de sua confortável residência na Rua da Quitanda, estava um porco morto com uma placa pendurada ao pescoço onde se lia: "Marranos!" Porcos... Ela sabia que era como chamavam maldosamente os judeus ou os que descendiam deles.

Horrorizada por trás da treliça da janela, dona Branca olhou em volta e não viu muita gente. Na verdade, curiosamente, não viu ninguém além de seus próprios servos. Ordenou rispidamente e muito nervosa, mas em voz baixa para não chamar a atenção dos inconvenientes vizinhos, que Zé Savalu e Tomásio retirassem o animal o mais rápido possível.

Ela passou o dia sentindo-se muito mal e a pensar sobre o passado, mas, acima de tudo, sobre o futuro. Como não misturar os dois, se um parecia depender mortalmente do outro? Os laços dos Muniz com os Gama vinham desde quando as famílias chegaram juntas de Portugal para o Novo Mundo, havia quase 200 anos.

Entre as muitas verdades que vou colecionando, há uma que diz que a dificuldade é a mãe de algumas amizades, e esta relação era um exemplo disto, pois se aprofundara quando combateram juntos os franceses e os Tamoios para conquistar a Guanabara. O sucesso da expulsão dos invasores, em 1567, ganhou a confiança das autoridades, alçando a postos nunca imaginados os que como eles chegaram à colônia como degredados. Como já foi dito, seus verdadeiros sobrenomes não eram Gama e Muniz. Esconderam-se atrás de alcunhas insuspeitas e da religião única e oficial para que jamais soubessem quem realmente eram.

Cinco gerações depois, as primas Branca e Manuella nasciam em meio à opulência. Para todos os efeitos, estavam sendo criadas como boas cristãs. Branca jamais questionou os costumes familiares, pois faziam parte naturalmente de sua vida, não vendo conflito neles. No entanto, aos poucos foi se dando conta da urgência em manter absoluto silêncio sobre a intimidade do lar. Eles eram um grupo cumpridor dos deveres para com El Rei, estavam em boa conta social e só faziam prosperar com as viagens constantes do pai, um mercador de "grosso trato".

Sua mãe sempre lhe contava da vez em que o pai resolveu embarcar na fragata do governador Salvador Benevides para libertar Luanda dos holandeses. O caminho do ouro exigia braços, as lavras exigiam braços, as lavouras, as cidades, os portos, tudo enfim exigia braços e pernas que não seriam as deles, obviamente. Corpos negros valiam tanto ou mais que ouro. As coisas precisavam voltar ao normal em Angola, pois o comércio de pretos era um dos tesouros mais brilhantes da sociedade de sua família. Aliás, o próprio governador era um dos sócios da Companhia, logo, era sócio de seu pai.

Os inimigos do governador chamavam maldosamente a Companhia Geral de Comércio do Brasil de "companhia dos judeus". Gente maldosa e aproveitadora – pensava –: afinal, quem seriam os traidores? Eles, os que produziam as riquezas, ou os que apenas pensavam em usufruir delas? Ouvia nos sermões da igreja: "Pedro, eu te digo: o galo não cantará hoje sem que por três vezes tenhas negado conhecer-me"... "Ora!", refletia, "Pedro negou três vezes e hoje é santo."

Ainda sentindo o peito acelerado pela visão do gordo porco em sua porta, ela andava pela sala decorada com toalhas de linho, tamboretes de couro, tablado para costura forrado de veludo... Olhou sua figura altiva refletida na prataria obtida pelo avô e pelo pai em seu comércio com a cidade de Buenos Aires, ainda quando os reis de Espanha e Portugal eram os mesmos. Eles levavam mercadoria da Europa e escravizados da África e voltavam de lá com os navios abarrotados de prata. Abriu um baú guardado em um teto falso do armário do quarto, olhou seu rosto facetado nas pedras de diamantes e seus olhos claros no liso ouro de lingotes com e sem o selo real.

Nunca dera importância de vida e morte às questões das crenças. Achava que tudo acabava por misturar-se. O progresso, a construção de um reino forte e farto estavam acima destas elucubrações de ordem espiritual. Sua inocência só fora quebrada quando, ainda jovem, em uma viagem que fizeram a Portugal, viu a execução em praça pública de um homem acusado de judaísmo. Na leitura da sentença, tomou ciência da dimensão do que representavam. O pai apressou-se em saírem de perto da horrível cena e a tranquilizá-la, pois estavam no Brasil havia várias gerações e distantes dos rigores destas leis. A essa altura, Branca era totalmente orgulhosa de quem era e do que seus antepassados construíram. Faria o necessário para preservar suas tradições discretamente, sem confrontar com o reino. Imaginava que, no futuro, seria inevitável que eles fossem fortes o suficiente para serem aceitos sem disfarces.

Quando chegou à idade para casar, a família de Branca se pôs a pensar que precisariam preservar a fortuna que acumularam. Teriam casado a jovem com Antônio, que, apesar de ter herdado uma displicência com os assuntos de religião, era de família amiga e a protegeria da fúria de devotos arraigados e eventuais ataques inquisitoriais. Sem contar que, assim acreditavam, é na mulher que a tradição prossegue. No entanto, ele casou em primeiras núpcias com outra jovem para quem já estava prometido. Branca sofreu, pois nutria uma paixão por Antônio.

Arranjaram então para ela o jovem Henrique Morais, cristão novo que viera da Bahia, aonde chegou vindo da Europa desejando comerciar pretos, mas, diante da notícia de que encontraram ouro e diamantes que eram escoados pelo porto da cidade do Rio, juntou tudo o que possuía e mudou-se. Ela e Henrique casaram-se na insuspeita igreja do Carmo, templo frequentado por eles até a presente data. Os dois tiveram uma filha, Ana, Sinhazinha Aninha ou simplesmente Sianinha.

Branca estava casada com Henrique quando Antônio ficou viúvo e em seguida casou com sua prima mais nova, Manuella. Branca e Henrique souberam também prosperar. No momento desta história, dona Branca Muniz já era viúva de Henrique havia sete anos, e seguia senhora de larga riqueza. O irmão Diogo, padre, não podia comerciar ou negociar diretamente. Não ficava bem para um membro do clero; logo, apesar de não ser comum uma mulher estar à frente de negócios, na verdade era ela quem tudo comandava. Para todos os efeitos, Antônio era a cabeça dos dois grupos familiares e, quando Felipe casasse com Sianinha, somando o que tinha e mais o que viria da família dela, seria o dono de largas posses, pois, como marido, teria o direito sobre os bens da mulher.

Quando Sinhá Branca saía em sua liteira carregada por dois jovens enviados diretamente de Benguela, via-se no epicentro do novo mundo, na efervescência do crescimento. Sim, a cidade carecia de alguma ordem, pois crescera de uma forma repentina com a corrida ao ouro, mas Branca via outra paisagem completamente diferente da contemplada pelo Frei Sardinha. Na verdade, ao fim e ao cabo, ele também enxergava o mesmo que ela, pois onde havia muito dinheiro, aí estava a Inquisição.

Era ali, pelo porto do Rio de Janeiro, que passava tudo o que chegava da Europa e da África para as descobertas Minas Gerais, e vice-versa. Conduzido por tropeiros que viajavam meses no lombo de mulas pelo caminho do ouro, escoltado por alferes, soldados atentos, chegava um tesouro incalculável para embarcar para Portugal, e muitas destas embarcações a eles pertenciam. Tudo para eles vinha dando certo havia cinco gerações... Até aquela manhã em que um marrano amanheceu em sua porta.

Pela primeira vez sentia-se fora do controle e na mira do peso mortal do mesmo poder ao qual por séculos achava que pertencia e exercia. Branca Muniz estava imersa em reflexões duras, quando Tomásio passou apressado para concluir o trabalho de retirada do animal da porta de sua casa. Olhando-o, ela percebera aterrada que se via em posição semelhante à dele, a de estar completamente nas mãos de outras pessoas e não ter o menor domínio sobre sua vida e a dos seus.

Eu, de meu assento privilegiado, olhava o desenrolar daquele teatro com muita curiosidade sobre, afinal, como terminaria aquilo tudo. Voltei meus olhos para o grupo dos Gama e algo me fascinava: como as mulheres poderiam ser poderosas sem, aparentemente, ter poder algum. Como sabiam se utilizar de sua aparente "desimportância". Manuella vestia-se lindamente aos sábados, acendia seus candelabros, fazia seus jejuns, passava mansa e devagar os ensinamentos aos filhos sem que Antônio, sempre tão ocupado com "o que interessa", notasse. Ele não dava a mínima para religiosidades, mas ia às missas, às festas religiosas, sabia as orações essenciais, os mandamentos da igreja... Era um devoto de aparências e conveniências. Eu achava muito chocante que o pecado maior e mortal de Branca e sua família fosse não professar a fé cristã ao invés de... Bem, vamos em frente.

Enquanto dona Branca Muniz começava a questionar a fragilidade de uma existência que nem todo o seu ouro e prata poderiam assegurar, ao contrário, poderiam estar lhe condenando, outro "marrano" era encontrado por Manuella e Antônio Gama. No pescoço do segundo porco, além de "marranos", uma frase: "Nada digo de ti, que em ti não veja". Para mim era nítido que, para quem estivesse à frente das ameaças, não bastava denunciá-los. Era preciso torturá-los.

***

O clérigo Diogo Muniz estava quase a correr pelas ruas enlameadas. Chegou à casa de Antônio minutos antes da irmã Branca, que também se apressou quando foi convocada. Algo grave estava ocorrendo. Estavam recebendo óbvias ameaças de denúncia ao Frei Alexandre assim que começasse o tempo da graça, ou seja, das denúncias. Diogo disse jamais imaginar que, justo naquele momento, Lisboa enviasse um frei para pessoalmente fazer diligências. Ele era um daqueles casos que Saldanha Sardinha e seus chefes bem sabiam de religiosos que faziam pouco caso e "vistas grossas" para os desvios locais, quando não comungavam deles.

Depois de ordenar à mucama que deixasse refrescos e uma garrafa de aguardente na sala, Manuella mandou que todos se recolhessem, e fechou as portas e janelas. Não poderiam correr o risco de que alguém escutasse a reunião. Antônio, andando aflito de um lado a outro, disse em tom baixo que iria acionar o filho que conduzia o escritório na Europa para que ele "agradasse" aos pares de Alexandre Sardinha em Portugal. Ouro? Diamantes? Viagens? Mulheres? O que desejariam? Tudo poderiam oferecer.

Dona Branca ponderou para terem cuidado, pois, se fossem muito ostensivos, isto não seria de bom tom, deixaria os membros do tribunal acuados e na obrigação de serem ainda mais severos com eles do que já o eram com outros. Branca voltou ao tempo de criança, à execução que presenciara em companhia do pai e pensava: "Eu vi, eu vi... Nunca esquecerei aquela sentença lida em praça pública: '...Portanto condenam o réu à fogueira e o declaram infame e seus filhos e netos tendo-os, e os seus bens aplicam para o Fisco e a Câmara Real...' Vi quando acenderam a pira embaixo do pobre homem, eu vi..."

Um silêncio desceu sobre a sala. Diogo, para extrema irritação da irmã, contorcia as mãos nervosamente, murmurava orações balançando o corpo para a frente e para trás como se estivesse numa cadeira de balanço invisível e acelerada. O suor frio ensopava sua testa, axilas e o peito. Segurava as lágrimas a muito custo. Estava apavorado e Branca não suportava sua covardia.

O padre Diogo apurava os ouvidos para tentar escutar, em algum lugar da casa, os passos do jovem Felipe, pois sua presença tinha o poder de acalmá-lo. Um poder tão grande que fazia o padre flagelar-se com frequência amarrando na cintura um **cilício***, por isso. Havia se tornado seu confessor e tinham muita proximidade, mas o rapaz subitamente afastara-se dele havia algum tempo, e ele sabia que estava apaixonado por alguém que não era sua sobrinha e, para seu não confesso desgosto, também não era por ele. Sentou à mesa de refeições e tomou goles da aguardente. Com os cotovelos apoiados no tampo, segurava a testa com uma das mãos, como se o gesto forçasse o cérebro a pensar mais rápido em uma saída.

Manuella jazia com olhos perdidos no nada, abanando-se prostrada em uma poltrona com seu inseparável leque de ouro. Branca olhava para Antônio imaginando como teria sido se tivessem ficado juntos. Se o descompasso da vida não os tivesse afastado. Ele, prometido à primeira mulher, não pôde se casar com ela e, quando ficou viúvo, ela é quem já não podia, pois estava casada com outro. Verificava seus cabelos grisalhos nas têmporas, seus traços que considerava nobres, e descobria com alguma surpresa que ainda o amava. Nunca deixara de amá-lo.

---

* Túnica, cinto ou cordão de material cortante, usado como forma de penitência ou mortificação.

Antônio subitamente parou sua andança aflita pelo cômodo.

– Precisamos saber quem está nos atacando. Isto é o primeiro de tudo. E já sei quem pode desvendar este mistério.

A família curiosa já ia formular a pergunta, quando Felipe finalmente chegou à residência, vindo da fortaleza onde tivera aulas de tiro. O rapaz estranhou as faces sisudas dos familiares. Reclamou do abafamento do ambiente e saiu abrindo janelas e portas trancadas e, passando por cima da mãe, ordenou que as mucamas servissem o almoço.

– Exercícios abrem o apetite!

O grupo comeu em silêncio. Ele tentou puxar algum assunto, mas recebeu apenas monossílabos de volta, com exceção de Diogo que o recepcionou com um sorriso engatado com tantas perguntas sobre sua vida que o obrigou a perguntar com certo sarcasmo:

– Estamos no confessionário?

Ele se esforçava por se dedicar apenas aos seus afazeres e se concentrar na noiva, que em breve seria esposa. Não estava adiantando muito, pois o assunto da carta não lhe saía da mente. Olhou ao redor mais uma vez. Estavam todos tão estranhos. "Teriam descoberto algo?", pensava. Nem ele sabia dos marranos e nem os familiares sabiam da carta, mas todos sabiam que corriam riscos enormes.

Desde que o mundo existe, tudo o que é proibido apetece e aguça ainda mais os sentidos, mas não, não era apenas atração pelo inalcançável. Era mais. Felipe buscava alguma verdade, visto que se considerava navegando um eterno mar de convenientes mentiras. Em seu horário habitual ao cair da noite, vestiu sua capa e saiu procurando-a. Queria vê-la mais uma vez, nem que fosse de longe. A verdade que atendia pelo nome de Vitória. Ela parecia aos olhos dele o único ser real em meio a fantasmas, espectros de si mesmos.

Depois de passar pelo morro do Desterro, pela Lagoa da Carioca, atravessar a Rua do Egito — que muitos anos depois também se chamaria Rua da Carioca —, já estava quase no Rocio Grande quando finalmente a encontrou. Apressou o passo ao seu encontro, mas um homem chegou antes e se acercou dela. Felipe escondeu-se atrás de uma árvore e forçou a vista para enxergar melhor. Ficou lívido quando reconheceu o próprio pai.

Para desvendar o mistério das ameaças veladas, Antônio buscou alguém de seu passado de infortúnios solucionados. Alguém que era como os gatos, pois possuía muitas vidas: Kiluanji Ngonga Nzinga Ngonga Nganga Marinda Manuel Vitória.

NA HORA EM QUE OS CORPOS FLORESCEM

Enquanto a mãe saía apressada para a casa do noivo Felipe e dos futuros sogros, cercada por suas mucamas mais estimadas, Sianinha bordava o enxoval de puro e imaculado linho, seda do Oriente e aviamentos coloridos trazidos especialmente para ela. Ia acertando os pontos em delicadas flores na barra de uma toalha. Quitéria, a mucama, lhe escovava os longos cabelos pretos. Sianinha pousou o bastidor e as agulhas no tamborete ao lado do tablado e deixou-se embalar pelas mãos dela em seus cabelos, olhando os pássaros que se banhavam em uma poça no quintal.

Achava Quitéria tão habilidosa, tão bela... era-lhe agradável senti-la tão próxima. Uma quentura boa invadia-lhe o corpo. Mirou a janela e viu a paisagem em pontinhos, fragmentada pelas telas que a separavam do mundo. Quase nunca saía. As idas à igreja e aos compromissos religiosos eram praticamente as únicas chances de ver o mundo sem o filtro das grades. Sua vida acontecia intramuros.

Uma vez por semana, ela e a mãe encontravam outras senhoras e moças da mesma classe para um clube de costura, mas, excetuando esses raros momentos, Sinhazinha Aninha vivia a esmagadora parte do tempo entre os pretos e pretas da casa. Zé Savalu e Quitéria tinham a mesma idade dela e foram companheiros de brincadeiras e travessuras infantis. À medida que cresciam, ele ia carregando cada vez mais peso, conduzindo mais vezes as liteiras e redes, despejando barris nos esgotos, subindo nos telhados para reparar telhas, carregando lenha para o fogão de pedra na cozinha no quintal... Enquanto ela bordava e fazia bainhas.

Conforme seus corpos floresciam e ganhavam contornos, Quitéria mergulhava mais e mais horas nas tinas de roupas, nas brasas do fogão ou nas longas tábuas do assoalho, polindo o piso em que ela pisava com sapatilhas de cetim, onde punha os pés quando saía da cama. Quitéria polia a prataria enquanto ela aprendia a tocar o cravo. Assim eram as coisas. Assim deveriam ser, diziam.

Nos fundos da casa, ocultados pelo bananal, Zé Savalu tratava de verificar se o suíno que tanto horrorizou Sinhá Branca não fora envenenado, se poderiam comê-lo. Estavam excitados e contentes. Este era um banquete raro, inesperado e muito bem-vindo. Chamou Quitéria para ajudá-lo na tarefa e faziam este trabalho examinando a pele, os olhos, as entranhas, a boca e a língua do bicho. Viram que fora golpeado. Quando tiveram certeza, chamaram Tomásio para ajudá-los a repartir o animal fora da casa, que jamais consumia carne de porco.

Sianinha, do alto da varanda interna que dava para os fundos da espaçosa residência, espiava os três, embora um pouco afastada da beirada para não ser percebida. Ela não sabia que seus pensamentos eram idênticos aos do Frei Alexandre Saldanha Sardinha ao admirar os transeuntes de dentro da cadeirinha de arruar, que em sua chegada o conduzia pelo centro nevrálgico da cidade. Também não diria nem a eles e nem a ninguém de suas engenhosidades. Para ela, principalmente Savalu, era brilhante. Pensava rápido como um raio. Em suas artes de crianças eram sempre dele as melhores ideias.

Sempre davam certo e depois se riam até a barriga doer. Sorriu ao lembrar.

Foi entre as bananeiras, laranjeiras e jaboticabeiras do quintal, que Zé e Quitéria tocaram-se pela primeira vez como homem e mulher. Ali, em meio às frutas do pequeno pomar e às galinhas do galinheiro no fundo do fundo da casa. A saia longa enrolada até a barriga. A calça larga embolada no chão. O cheiro de frutas. A terra úmida sob os pés. As mãos dele. Os joelhos dela. Os pelos dele. As mucosas dela. Os narizes e bocas de ambos. Não conseguiam mais se largar. Quitéria e Zé pisaram juntos pela primeira vez em solo brasileiro vindos da Costa da Mina. Foram adquiridos ainda crianças e foram adquiridos como brinquedos para Sianinha, mas, à medida que eles espichavam, ela ficava cada vez mais em seu mundo e eles, no deles.

Sianinha percebia que algo radical havia mudado entre os dois e, principalmente, entre os três. Eles, os dois, eram dela e apenas dela. Zé e Quitéria lhe pertenciam. Iriam com ela quando se casasse. Já estava acertado. Não poderiam ser e nem se dar um ao outro sem a autorização dela. Formavam um trio. Algo poderoso a corroía e enlouquecia. Experimentava pela primeira vez a sensação de ciúmes, mas não era apenas isto.

A filha de Dona Branca ficou sem saber ao certo o que a incomodava tanto na relação de Zé Savalu e Quitéria até aquele dia de chuva intensa, quando ela, sempre protegida pela treliça azul-escura, viu os dois na rua encharcados e enlameados. Corriam tentando chegar à casa, mas as roupas pesavam. Quitéria tropeçou na saia e caiu esparramada na lama das pedras redondas do calçamento. Riram muito, riram tanto, que ele também caiu e ficaram ali, um tentando se apoiar no outro, tentando se levantar sem conseguir, escorregando. Ela também achou graça, mas uma graça amarga... Estava sentada atrás da rótula, não estava na chuva com eles. Era ciúme, mas também era inveja.

Sianinha correu para seu esconderijo no alto da escada do corredor, onde espionava a vida dos escravizados no quintal, e viu quando finalmente entraram pela porta lateral. Tomásio praguejou dizendo que sujariam tudo e ali mesmo despiu os dois, raspou com uma vareta a lama dos pés e das pernas, jogou uma cuia d'água limpa, deu panos para se secarem e outras roupas. Entraram todos para a cozinha rindo baixinho para não chamar a atenção da casa.

Ela passou a observar cada movimento. Percebia os olhares demorados dele para ela e vice-versa. Percebia quando ele inventava tarefas que o deixavam mais próximo dela. Notava quando ela só solicitava a ele para ajudá-la nos serviços mais pesados. À noite, Sianinha ficava grande parte em claro, imaginando que estariam juntos no chão do cômodo dos cativos, que ficava no porão, dois níveis abaixo do seu.

Sianinha começou a arquitetar maneiras de separá-los, de castigá-los por excluí-la do grupo, pela ousadia de tentarem ser mais livres que ela. A primeira ocasião se deu em seu jantar de noivado. Toda a família Gama, sua mãe, seu tio e outros convidados na sala do elegante sobrado da Rua da Quitanda. Nesse dia tiraram dos guarda-roupas seus trajes de linhos e tecidos adamascados, casacas de seda, camisas brancas, coletes de veludo ou lã fina, sapatos com fivelas de ouro ou prata.

Estavam todos belos. A anfitriã Branca desfilava um lindo vestido rendado de um tom marrom-claro cremoso. Felipe vestia casaca azul-real e sapatos com fivelas de prata. Antônio era discretamente seguido pelos olhares de Branca com suas maneiras de homem forte, mas acostumado aos ambientes elegantes. Sianinha, a noiva angelical, arrancava elogios com seus trajes cor de violeta com detalhes amarelos e cabelos trançados com elegância no alto da cabeça. No entanto, insuperáveis estavam mesmo Manuella, com seu vestido de veludo verde-esmeralda combinando com o tom de seus olhos, e Quitéria. Sim, Quitéria apresentava-se soberba, com as joias que Branca punha nas serviçais em todas as ocasiões em que queria mostrar poder e riqueza, um bracelete e uma gargantilha de ouro destacados por sua roupa de algodão simples, porém imaculadamente branca da cabeça aos pés.

Felipe estava especialmente calado naquele dia e passou a observar a noiva; afinal, em breve estariam casados. Viu que ela seguia Quitéria com o olhar onde estivesse. Não resistiu a falar-lhe com ironia.

— Sim, amantíssima noiva. Ela é graciosa e bela.
— O que me dizes Felipe?
— Exatamente o que ouviste. A mucama da qual tu não foste capaz de tirar os olhos nem por um segundo a noite toda.
— Ora, que loucuras são estas?!

Levantou-se irritada e, na passagem, tratou de esbarrar de propósito na moça que acabou por derramar uma jarra inteira de refresco no vestido rendado e caro de Sinhá Branca, respingando em outras convidadas. Ela se apressou a limpar e a acudir desesperada. A dona da casa, que não era afeita a escândalos em público, apaziguou. Trocou-se e a festa prosseguiu com músicas e danças. Chorando na cozinha, Quitéria já sabia que estava em apuros, mas, para desgosto de Sianinha, Branca não fizera nada ao final da recepção. Dizia gostar de Quitéria e acreditar que não fizera por mal. Apenas dias depois, quando a filha mais uma vez conseguiu danificar algo na casa e colocar a culpa na mucama, que a mãe deu-lhe muitos "bolos" com a palmatória, deixando suas mãos em carne viva. Quitéria não teria condições de manusear nada por dias e chorava à noite com as dores. As outras da casa assumiram suas tarefas.

Zé esperou a chance de ver Sianinha a sós. Quando Dona Branca saiu para visitar a prima, mesmo sabendo que corria o risco de também ser brutalmente castigado, subiu as escadas e entrou nos aposentos da moça. Nunca havia entrado naqueles cômodos, nunca havia galgado as escadas da casa em toda a sua vida. Paralisou um instante espantado com o luxo com que dormiam. Olhou ao redor. Ela, assustada, levantou-se da cadeira em que estava com seus eternos bordados. Achava que a presença dele naquele quarto era como trapos para forrar um chão de mármore. Não combinava. Depois do breve instante de admiração do ambiente, ele falou agressivo e íntimo demais para quem fala com sua senhorinha.

– Tu! Foi tu!

Ela pensou se deveria gritar, preferiu dizer o que realmente queria, pois não tinha tempo a perder.

– Como ousa me chamar por tu, negro desaforado? Eu? Absolutamente! Tudo culpa de vossa mercê! – disse ela debochada, pois se ele a tratava por "tu", ela usaria com ele o tratamento cerimonioso e reverente que apenas servia para aumentar a distância entre ambos. E prosseguiu.

– Não admito, Savalu, que debaixo do meu teto façam aquelas vergonhas! Não admito que... vocês dois são meus, está ouvindo? Meus! Eu digo o que podem e o que não podem fazer.

Encararam-se. Não eram mais os pequenos que corriam no quintal. Ela era a sinhá e ele, o que devia obedecer. Ela era a dona dele, ou pelo menos seria em breve. Sianinha deitou-se na cama alva.

— Sou muito superior a Quitéria. Faça comigo o que fez com ela ali, na parte traseira do quintal. É uma ordem.

Ele olhou espantado. Como ela saberia?... Lembrou-se dos tempos de criança. Parecia que apenas agora se dera conta de que ela também não era mais uma menininha. Observou que era bonita demais. Ficou por alguns minutos na indecisão, preso entre a tentação e o medo. Chegou a dar um passo na direção da cama, mas a voz de Tomásio e os barulhos no andar de baixo da liteira de Dona Branca chegando mudaram o rumo das coisas. Ele deu graças. Saiu correndo, descendo desabalado.

Savalu chegou à cozinha ofegante e consciente de que, a partir daquele momento, a vida seria difícil, quiçá impossível para os três juntos. A casa, muito maior e mais espaçosa que a grande maioria das residências no Rio de Janeiro da época, tornar-se-ia cada vez mais apertada e asfixiante. Em sua cabeça já sabia toda a tragédia que estava prestes a acontecer. Ouvira muitas histórias semelhantes e também tinha muito medo dele mesmo. Sianinha era uma moça bela e não admitiria ficar por baixo de Quitéria. Não pôde deixar de sentir-se envaidecido por estar entre as duas, mas sabia, intuía, percebia que tudo aquilo terminaria em tragédia se não fizesse algo a respeito, mas o quê?

Quitéria nem desconfiava de que estava em um triângulo amoroso. Desde que cresceram e Sianinha deixou de ser aos olhos dela apenas uma criança com quem brincava, tinha muito nítida a separação de vidas. Quando Felipe passou a frequentar a casa a espaços mais regulares, sempre na companhia de sua mãe Manuella, entendeu que ele seria o esposo da filha da sinhá e o senhor a quem um dia deveriam obediência. Quitéria percorria as ruas da cidade, buscava água e confraternizava com outras pretas nos chafarizes e vendas.

Encontrou Vitória em um dia assim, meio ao acaso, quando ambas compravam fumo de rolo das mãos de Nego Velho, nas bandas do Rocio Grande. Espantou-se com sua figura tão imponente, esguia e com olhar penetrante. Não conseguia despregar o olhar dela, que lhe sorriu e estendeu sua mão comprida para acariciar-lhe a face.

– Oh, que formosura de moça! Escuta, pretinha, cobras por vezes têm o poder de sumir, mas seus olhos enxergam tudo. Na hora certa, dão o bote. Olho nas cobras, olho nas serpentes...

E foi saindo mansa, com o fumo de rolo vendido por Nego Velho, deslizando naquele andar que parecia estar arrastando a cauda de algum manto invisível. Quitéria esqueceu-se do que disse Vitória até aquele dia, quando Savalu entrou na cozinha correndo, olhos arregalados e suando frio.

– Ui, nego! Que susto! O que foi? Viu alguma assombração?

Ele a olhou de um jeito estranho e disse saindo correndo para o quintal.

– Serve cobra?

Nesse exato momento Sianinha gritou por Quitéria no andar de cima.

***

Zé Savalu, natural da cidade que lhe dava o codinome, quando junto com Tomásio carregava a cadeirinha para levar ou buscar o vigário Diogo, olhava de longe, da porta, os santos e o altar. Pensava que alguns pretos só ganharam algum respeito depois que tiveram sua irmandade. Pensou que poderiam eles também ter sua devoção. Estavam em menor número na cidade, mas este seria um jeito de terem algum espaço. No entanto – refletia –, os angolas do Rosário eram libertos. Cativos poderiam frequentar? Mesmo que pudessem, esta possibilidade não lhe interessava. Ali, olhando os santos, subitamente imaginou um plano para conquistar liberdade e respeito, mas achava que ainda precisaria pensar com vagar. Duas coisas apressaram os planos de Savalu: a água e o sangue.

A água

Quitéria acordou no subsolo onde dormiam com os trovões e uma sensação molhada na testa. Era o filete grosso de água que começava a escorrer por três aberturas de ar próximas ao teto. O Rio de Janeiro e suas enchentes eram um tormento no verão. Lagoas, rios, pântanos, enseadas... a cidade era, sobretudo, líquida. Em uma das famosas trombas d'água, a rua da casa de Sinhá Branca começou a transbordar. Já sabiam o que fazer. Assustada, começou a gritar por Tomásio, o único que dormia fora. Ele já estava lá, pelo visto, havia algum tempo, procurando algo freneticamente.

– A chave... não está no mesmo lugar de sempre!

Tomásio, o guardião das chaves do aposento, deveria abrir para que todos saíssem rapidamente, pois em pouco tempo estaria tudo repleto quase até o teto e morreriam afogados, mas ninguém achava a chave que nunca era guardada em outro lugar havia muitos e muitos anos. Vendo que seria impossível abrir qualquer buraco na porta pesada e grossa, o velho Tomásio, desesperado, tentava abrir um buraco na parede por fora, ajudado por Savalu e os outros mais fortes por dentro.

Fora era possível ouvir os gritos de quem estava dentro do cômodo pequeno que ia enchendo rapidamente. A água já estava chegando às cinturas quando o barulho despertou

Dona Branca, que desceu com cabelos soltos em desalinho e gritando com Tomásio pela chave. Ela petrificou por um instante, enquanto as mulheres choravam e gritavam no subsolo rivalizando com os sons das ferramentas tentando cavar um escoamento para a água e do temporal alagando tudo. Subitamente, uma ideia lhe ocorreu.

Dona Branca subiu as escadas o mais rápido que conseguiu e entrou nos aposentos da filha com mais fúria do que a ventania que assobiava fora. Sob o olhar espantado da moça, que despertou com a mãe revirando tudo, ela achou a chave sob algumas roupas. Olhou-a um tanto horrorizada, mas não teve tempo para discussões. Não lhe passava pela cabeça perder todos os seus negros domésticos, já treinados e de confiança, e pelos quais sentia-se apegada. Desceu com habilidade que não sabia que possuía e abriu a porta. Uma grande quantidade de água saiu, e, aos poucos, os que estavam dentro. Encharcados, trêmulos e apavorados.

Sinhá Branca começara a notar algo estranho na filha porque Sianinha acirrou sua disputa ora com Zé Savalu por causa de Quitéria, ora com Quitéria por causa de Zé Savalu. Após o incidente na noite do noivado, ela derramou bebida nas roupas dele e sumiu com as garrafas de aguardente da casa, o que fez com que Zé amargasse duas semanas com a máscara de flandres por medo que estivesse se embebedando às escondidas. Trancafiava Quitéria no quarto de costuras e a obrigava a passar horas finalizando os bordados do longo enxoval. Esbofeteou Tomásio na rua porque achou que ele estava correndo com sua cadeirinha. Estava agressiva, irritada por nada e por tudo. Até o dia da enchente, a experiência da mãe lhe dizia que era preciso apressar o casamento dela, mas jamais imaginou que a filha estivesse em tal estágio.

Tomásio acendeu a lenha do fogão da cozinha, que ficava fora, próxima ao alpendre onde a família fazia as refeições em dias normais, e deitaram no chão para tentar secar e dormir um pouco. Branca subiu com uma xícara de leite morno, secou-se e trocou a camisola encharcada. No dia seguinte, a sinhá correu a falar com Antônio e Manuella sobre o casamento. Ele pediu a ela mais um tempo. O suficiente para que a próxima expedição às Gerais trouxesse suas encomendas. Explicou que contratara um detetive e precisariam de recursos para desvendar o mistério que os atormentava e ameaçava.

O sangue

Quitéria não vertia mais sangue todo mês e a barriga começou a crescer. Zé acalentava havia algum tempo uma ideia fixa, mas, com a evidência da gravidez, queria dividir com os de sua nação, porque o tempo corria contra. Desde os tempos do falecido pai de Sianinha, o senhor Henrique, que eram oito na casa, quatro pretos e quatro pretas. Os do Daomé eram ele, Tomásio e Quitéria. Eram de diferentes partes do reino, mas ainda assim todos pretos-minas. Eram irmãos de nação e precisavam ser cada vez mais unidos porque estavam em minoria não apenas na casa, mas no Rio de Janeiro, onde dominavam os angolas e moçambiques com quem os seus volta e meia se estranhavam. Começou em voz baixa a falar em língua gbe, no que foi seguido por todos.

– Vou pedir à sinhá para ir para as Minas. Eles têm negócios nas Gerais, e de achar ouro nós entendemos! Encontrando ouro, ajudo a ter nossa irmandade, compro minha alforria e – pôs a mão na barriga de Quitéria – ainda ajudo a comprar a de outros.

— Ouvi na freguesia da Candelária que muitos hoje são forros por conta do ouro que encontraram nas montanhas — disse Quitéria.

Tomásio franziu o cenho. A Estrada Real que levava às minas era longa e perigosa. Os primeiros grandes inimigos a vencer eram as poderosas serras cheias de desfiladeiros, rios, quedas d'água, bichos, ataques dos indígenas, salteadores...

— Estás seguro disso? Sabes os perigos que enfrentarás? Quem conseguiu voltar não conta só de vitórias, Zé, fala de horrores também.

— Não vejo outra solução. Dona Sianinha vai vender nosso filho, vai se vingar. Se eu sair antes de Quitéria parir, tenho alguma chance de ela não separar a mãe do filho e, quando voltar, terei condições de comprar os dois e quem sabe você também, Tomásio. Ouro é ouro.

— Bem... se for pela alforria, tudo vale, mas essas tais de irmandades não me interessam. Nada desses deuses de brancos me interessa. — disse Quitéria com firmeza.

— Não diga isso, menina! Começou uma devoção a São Elesbão e Santa Efigênia, lá na freguesia da Candelária. Tenho dó de não ver todos os nossos transformados em católicos e devotos. Eu soube... já imaginaram uma irmandade assim?

Quitéria não discutia com o seu mais velho, mas deu de ombros. Não queria acreditar na igreja de forma alguma e Tomásio, paciente, tentava convertê-la. Savalu calou-se enquanto ele falava de São Elesbão, Santa Efigênia, igreja e fé. Não pensava em santos ou entidades invisíveis. Ele agora precisaria de toda a fé que possuía em si mesmo, pois sabia que estava prestes a encarar uma grande aventura. A maior e mais desafiadora de toda a sua vida.

2. DAS ACUSAÇÕES

*... Assim o erro da traição condena
quem a comete e empece e infama
os que de sua linha descendem...*
**(Ordenações Filipinas.
Livro V. Título IV.
Do Crime de lesa-majestade)**

NO TEMPO DA GRAÇA

— Tenho poderes para descobrir o que me pedes, meu sinhô... Mas sabes que este será outro trato, num sabes? Diz, quero ouvir.

— Sim, Manue... ou melhor, Vitória.

— Se me atraiçoares outra vez, meu sinhô, desejarás que a lâmina da minha faca corte-lhe as parte que não deceparam aquela noite. Não vou lhe pagá na mesma moeda. Vou fazê muito pió. Acredite.

Pude ver que ela não estava jogando. Vitória falou tão gravemente que Antônio Gama sentiu um arrepio. Pensou em pedir-lhe mais algumas coisas, mas o preço subiria e ela sabia cobrar. Talvez não fizesse falta o membro que ela pretendeu cortar da última vez em que se desentenderam. A perda da virilidade era uma realidade que o humilhava perante Manuella. Havia algum tempo que não conseguia ser o homem que sempre fora. Não ia mais às raparigas da noite, e em casa, por mais protocolares que fossem as coisas, também não conseguia. O que lhe restava eram os negócios e todo o império que havia construído e que se via seriamente ameaçado.

Acordaram que ela receberia lingotes de ouro e diamantes suficientes para nunca mais precisar vender seu corpo. Após apertarem-se as mãos para selar o pacto feito, Antônio sumiu na noite deixando-a ali, a caminho da busca da clientela.

Felipe não sabia o que pensar e nem o que fazer. Estava atordoado. Mesmo à distância, eles não pareciam estranhos um ao outro. Pareciam ter feito algum acordo. O que estava acontecendo? Decidiu não interpelá-la ali, pois não sabia onde o pai tinha ido e se voltaria. E se descobriu o caso deles e a estava ameaçando ou comprando ou... Não sabia o que pensar. Voltou correndo para casa certo de que o jogo em que estava inserido era mais perigoso do que imaginava.

Vitória, ao contrário, estava agora bem menos angustiada. Teria os recursos necessários para fugir com Felipe se ele quisesse, ou montar uma casa confortável e discreta em local afastado, onde levaria sua vida e o receberia sem que ninguém precisasse saber. Ela sonhava, mas havia um trabalho a ser executado antes de receber seu justo pagamento. Um serviço importante que não poderia ter erro. Precisava se concentrar.

***

Alexandre Saldanha Sardinha, desde que chegara ao mosteiro de Santo Antônio, dedicou-se a estudar os casos que estavam sob seus cuidados, além de balanços e relatórios sobre as contas da construção das igrejas no Arraial Santo Antônio do Rio das Mortes e outras. Analisou bem os relatos que recebera ainda em Portugal e as delações que recebera na cidade, assim que anunciou o tempo da graça, ou seja, o período de 30 dias para que espontaneamente confessassem delitos.

Em determinada tarde, foi ter à porta do mosteiro um senhor que lhe desejava falar com muita urgência. Tanto ele insistiu, que atendeu ao homem que, implorando sigilo, descreveu em detalhes as práticas "judaizantes" das famílias Gama e Muniz. Segundo ele, observava-os havia décadas e todos sabiam a verdade. E passou a descrever hábitos, costumes, frases... Alexandre ouvia com atenção e ia anotando o depoimento, sempre assegurando-lhe que a lei lhe garantia anonimato.

Depois do tal homem, vieram outros e outras. Uma cliente de lojas, um fidalgo concorrente e até Dona Gertrudes, residente na mesma rua que a família Gama, também foi relatar sobre suas observações. Prestou atenção especialmente nela, mas viu que suas denúncias estavam muito mais baseadas na evidente inveja que sentia da ainda jovem e bonita vizinha que em outra coisa. Sentia que faltavam elementos para dar concretude aos casos. Havia muita especulação e algumas lhe pareciam bem fantasiosas, pois as famílias tinham um comportamento público impecável. Enquanto todos naquela terra de pecados se amasiavam sem contrair o sagrado sacramento do matrimônio, naquelas famílias eram todos casados na Santa Madre Igreja, pagadores dos dízimos, quintos e outros impostos. Com o que possuíam, facilmente arrumariam argumentos convincentes e não confessariam... nem sob tortura. Embora soubesse que sob tortura confessava-se até a posse da Arca da Aliança, mas não era isso o que queria.

Muita fala, pouco fato relevante. Nada do que lhe disseram até então seria irrefutável por gente tão poderosa. Faltava algo... Mas o quê? Queria a verdade sem máscaras, uma que fizesse sentido. Decidiu aguardar mais e, quando chegasse o momento certo, usaria os mesmos métodos do inquisidor Heitor Furtado, há 153 anos, na Bahia. Abriria outro tempo da graça com garantias de segredo nas apurações, e quem nele espontaneamente se apresentasse teria penas corporais abrandadas ou suspensas, conforme o caso. Coletaria mais dados e, de posse deles, forçaria as confissões. Velhos métodos eficazes. Mas tudo isso apenas em seu regresso das Gerais. Tinha o que fazer por lá.

Pensou que era chegada a hora de aceitar o convite que lhe haviam oferecido para o jantar. Marcaria na sexta-feira, em uma hora especial: na hora em que surgisse a primeira estrela. Alexandre Sardinha sabia o que estava fazendo. Para alguns, um dia começa quando a primeira estrela surge. Desta forma, a primeira estrela no céu da sexta-feira anunciava o sagrado dia de sábado, o Shabath.

Grande agitação dominou as duas famílias. Tudo precisava ser impecável. Decidiram que o melhor seria que a recepção fosse na casa de Dona Branca, visto que o padre Diogo era seu irmão, a residência tinha mais espaço e ficava mais próxima do mosteiro. Os Gama cederam serviçais, mantimentos e bebidas para que não faltasse nada. Assistiram à missa na igreja do Carmo, que era próxima à casa da Rua da Quitanda, para onde depois os convidados foram levados por uma caravana de charretes e liteiras. Na entrada, as mucamas recolhiam agasalhos e chapéus, acomodando tudo em um cabideiro na lateral. Outro grupo servia vinho do melhor em taças de prata vindas diretamente da peruana Potosí.

Na mesa, uma raridade até mesmo no reino: garfos e facas saídos de um estojo de veludo com uma tranca. Comer com a mão era o normal. Talheres eram tão escassos que constavam até de testamentos. Postado perto de alguns candelabros, Alexandre observava discretamente o ambiente, que era confortável, muito acima da média para a colônia, embora rústico para os padrões de uma família abastada na Europa. Aliás, os próprios candelabros já mostravam outro requinte: velas. Ele mesmo trouxera seu estoque, por exaustivos que foram os avisos de que eram caríssimas no Brasil.

A dona da casa convidou todos à mesa posta na sala. Com visita tão ilustre, não comeriam como sempre faziam, no alpendre dos fundos da residência. Ocuparam uma mesa comprida posta na sala. Cedeu uma das cabeceiras ao frei. Foi então que as mucamas entraram com assados, ensopados, queijos, pães e frutas. Após uma oração pelo alimento, um breve brinde em que agradeceu pela calorosa recepção, Saldanha Sardinha pediu a Antônio Gama que fizesse pequena apresentação dos que estavam à mesa e que mui gentilmente o recebiam. O comerciante, então, passou a apresentar um por um. Quando chegou a Felipe, o frei demorou um pouco mais o olhar no rapaz, que timidamente procurava desviar a todo custo.

Foi uma noite das mais agradáveis. Conversas amenas, notícias sobre Lisboa e arredores, relatos e curiosidades sobre a vida no Brasil. O frei estava de bom ânimo e fez os convivas se admirarem e rirem com seus casos. Reparou que a delatora Dona Gertrudes tinha seus motivos para invejá-la, pois Manuella tinha um belo sorriso, além de modos delicados, elegantes e um charme discreto ao mover-se que ganhavam brilho com sua voz aveludada e calma. A esposa de Antônio Gama notara que um dos talheres de Alexandre caiu no chão, e rapidamente ordenou à mucama que pegasse. Ele agradeceu com uma inclinação de cabeça e um toque de leve em seus dedos pequenos. Finalizada a refeição, Tomásio trouxe uma jarra em uma bacia e uma toalha de linho para lavarem as mãos, e ele deu uma inesperada satisfação de seus passos.

– Prezados, necessito ir-me ao Arraial de Santo Antônio do Rio das Mortes, a Vila Rica e a outras paragens nas Gerais. Como sabem, é uma longuíssima viagem. No entanto, está dentro do planejado para minha missão. Devo louvar e agradecer. No retorno, desejo concluir rapidamente todos os casos de admissão a mim confiados, e espero poder cumprimentá-lo, vigário Diogo, como membro da instituição em que atuo com humildade, para glória de Deus e de toda a Sua Santa Igreja.

Todos em uníssono, e com alívio, disseram amém.

NO MOMENTO OPORTUNO

Os anfitriões do frei estavam empolgados com o sucesso do evento. Sentiam-se acalmados e bem mais seguros. Três meses para ir, três meses para voltar e mais o tempo que ficaria no arraial. Estavam falando de um tempo entre nove meses e um ano no mínimo, ou seja, teriam até meados do ano seguinte ou mais para se resguardar, buscando testemunhas favoráveis e idôneas. Havia a preocupação do chantagista que os estava aterrorizando, mas Antônio já estava cuidando de descobri-lo. Ganharam um tempo precioso.

No dia seguinte ao jantar, percebendo que a sinhá estava de excelente humor, Zé Savalu pôs seu plano em ação. Quando ela foi à cozinha e à parte traseira da casa para organizar o trabalho do dia, respirou fundo, pediu permissão para lhe falar em particular e, recebendo um aceno positivo, seguiu-a até o pequeno recinto onde ela sentava-se para cuidar de seus assuntos particulares.

– Às Minas Gerais... Tens certeza de que sabes o que estás a me pedir?

– Nhá, sim! Posso sê de muita serventia p'a nhá.

Dona Branca despachou-o dizendo que iria avaliar a solicitação. A senhora notou que o rapaz não fazia a mínima ideia do que eram as Minas Gerais. Viu que estava obviamente seduzido pelas promessas de enriquecimento e liberdade que dia após dia traziam navios abarrotados de gente vinda do reino ou de outras partes, incluindo piratas e corsários. Provavelmente, em suas tarefas diárias pela cidade, ele ouvira as muitas histórias dos viajantes tropeiros. Não estava a se dar conta das febres, dos rios bravos, das lutas com indígenas, do frio intenso, dos insetos e dificuldades ao longo de meses de viagem.

Ela avaliou sua aparência, sua altura, e pensou que, apesar de ser muito jovem, já havia emprenhado uma das pretas e em breve ela teria mais um negrinho em boa idade para o trabalho. Via os olhares da filha para ele e avaliou seu grau de loucura e paixão no episódio da enchente. O casamento dela já estava próximo e seria mesmo interessante vendê-lo ou afastá-lo para evitar problemas. Sabia que Zé Savalu era um preto de muito valor. No entanto, não deixava de ser um perigo tê-lo na casa.

Ponderou, relembrando as conversas na noite anterior, que mais importante que preservar um negro, por melhor que fosse, eram outras tantas coisas muito urgentes. Frei Alexandre... embora tivesse uma pálida ideia, ele também pouco sabia a aventura que seria adentrar o Brasil. Teve uma ideia que julgou brilhante: presentearia Savalu ao frei para que integrasse a comitiva de viagem que o conduziria pelo Caminho Real. Quando lá chegassem, a ele seria dado o destino que melhor conviesse. "Tudo perfeito" – pensou ela.

Perturbadoramente perfeito.

***

Manuella passou todo o dia seguinte ao do jantar na casa da prima a pensar no bonito e altivo Frei Alexandre. Queria vê-lo mais uma vez antes da partida, mas não sabia como sem parecer, como dizia de outras, "uma rameira adúltera". No caso, também herege, pois o alvo de seus desejos era um homem de Deus. Não era propriamente o "seu Deus", mas mesmo assim... Foi tirada de seus delírios e divagações pelo marido Antônio, que lhe comunicou que decidira enviar Felipe na expedição às Gerais com o frei.

– Um exagero, senhor meu marido! O frei já mostrara sua boa vontade para conosco. Por que enviar Felipe a tão rude aventura? Deixe nosso filho seguir aqui, junto de nós e da futura esposa. Suplico-lhe!

– Manuella, temos que criar um forte laço com este homem. Ele precisa nos ser grato. Além do mais, Felipe precisa se inteirar de todos os nossos negócios. Ficará uma temporada com o irmão Balthazar e saberá como funcionam todas as coisas por lá. Tudo se encaixa. Tu não entendes de nada, mulher!

Manuella protestou um pouco mais pelo filho. Ela o cercava de atenções e cuidados, que o marido considerava exagerados, e Felipe a amava muito. Antônio estava decidido, pois o momento se apresentava mais que oportuno. Ela terminou por concordar. Não havia outro jeito, de toda forma. O marido era um homem rude, que aceitava apenas a sua palavra como a última.

Manuella estava enfeitiçada. No momento, ela almejava com toda a força outra vez mergulhar naqueles olhos com a cor de mel de Alexandre Saldanha Sardinha, contemplar sua espessa e bela barba negra e ouvir sua voz grave, porém pausada. Abanava-se com o leque folheado a ouro. Viu a chance ideal quando ele abriu o confessionário para os bem-nascidos senhores e senhoras da cidade. Embora não pudessem ouvir o que era dito lá dentro, o confessionário ficava em local exposto, onde todos podiam ver quem entrava e quem saía.

Ela aproveitaria para mostrar a toda gente que cumpria seu sagrado dever de confessar-se regularmente.

Ele, dentro da peça asfixiante de jacarandá que era o confessionário, pareceu acordado por uma descarga de raio quando ouviu aquela voz.

— Senhor, eu pequei — iniciava Manuella, contrita.

Mesmo ocultos pelo confessionário, o frei reconheceu sua voz de imediato. Deste modo a esposa de Antônio Gama começou a dizer-lhe de formas veladas que desejava outro homem que não o marido, que não podia mais ter nada com ela porque perdera a potência. Manteve-se discreto e prescreveu-lhe paciência com o companheiro de toda a vida e enviado por Deus a ela, além de penitências em ave-marias, salve-rainhas e pais-nossos em profusão.

Manuella voltou para casa encantada em poder ouvir-lhe a voz grave e sensual. No dia seguinte, um preto bem trajado bateu-lhe na porta. Disse-lhe que sua prima desejava falar-lhe com urgência, mas não estava a sentir-se bem e enviara o transporte para buscá-la. Embora estranhando por não ver Tomásio, Savalu ou outro da casa de Branca, entrou e deu de cara com o frei em roupas normais, sem suas vestes religiosas. Qual não foi sua surpresa quando ele não deu tempo para que pensasse. Com as cortinas da cadeirinha cerradas, enlaçou-a pela cintura e tirou-lhe o ar com um beijo. Seguiram para uma casa afastada e aquela foi a primeira de diversas tardes em que passaram entregando-se aos desejos mais profanos.

Falavam pouco. Não havia tempo. Apenas aquela vontade desenfreada que os dominava. Não queriam aprofundar em conversas que poderiam degenerar em culpas que estragariam tanto prazer. Não obstante, ele conseguiu apurar que a família do marido de Manuella era conceituada e devota, obviamente, de Santo Antônio. Estava ali para investigar e usaria de todas as armas de que dispunha para tal, pois o tempo nunca pode ser desperdiçado.

Aquele arrogante frei... Eu notava como era capaz de mentir para si mesmo até acreditar piamente. Para todo o seu apetite sexual tinha uma justificativa perfeita, que contabilizava sempre para Nosso Senhor Jesus Cristo ou para a Virgem Santíssima. Entre os pecados capitais, a luxúria e a avareza eram suas especialidades, pois se havia algo de que ele gostava tanto quanto dos prazeres da carne eram os privilégios do bolso.

Manuella mergulhava em suas vontades, nunca saciadas por Antônio, nos braços de Alexandre Sardinha. Estava encantada por viver algo tão deliciosamente proibido. Deleitava-se e fantasiava, abanando seu leque dourado cada vez que pensava nele. Ganhou cores nas faces, um sorriso e vigor havia muito desaparecidos. Ela, que tivera a beleza um tanto apagada pela melancolia, agora via-se realmente irradiando algo especial. A maledicência de Dona Gertrudes, a vizinha, não deixou de dar as caras.

– Alvíssaras! Andas muito alegre e bela, vizinha! Espero um dia também beber da água da beleza e juventude eternas neste poço que recém-descobriste. Onde estará ele localizado?

Manuella limitava-se a sorrir discretamente enquanto tentava ignorar com todas as forças as provocações da velha, que parecia não ter mais o que fazer a não ser acompanhar seus movimentos. Felipe observava a mãe e a via, pela primeira vez, realmente feliz. Pegava-a cantarolando baixinho pela casa e tratando pessoalmente das flores de um pequeno jardim interno.

Manuella saía agora com mais frequência, pretextando estar em um grupo de senhoras que organizavam uma quermesse na Igreja do Carmo ou que costuravam. Nestas saídas, a esposa de Antônio e o frei por vezes não utilizavam nem a casa distante. A própria sacristia era cenário para a paixão. Aliás, era vedada aos religiosos a autorização para receber senhoras em confissão nas sacristias justamente para que não ocorresse o que ocorria... de norte a sul deste Brasil, sobretudo e violentamente, varonil.

Estava próxima a hora da partida.

NA HORA DA PARTIDA

A comitiva grande e ruidosa reuniu-se para uma missa. O frei distribuiu bênçãos, e começaram os preparativos para enfrentar os caminhos que os levariam, por intermédio da Fazenda Santa Cruz, até Sepetiba, onde embarcariam rumo ao porto da cidade de Paraty, e de lá, montados em cavalos e mulas, subiriam a serra do Facão, atravessariam a vila de Taubaté, onde a estrada se dividia para subir a Mantiqueira rumo ao Rio das Mortes e Vila Rica ou para o Rio das Velhas. Seriam cerca de três meses de viagem. Levavam dois guias, cozinheiro, muitos muares com cargas para venda nas Minas e no caminho, mantimentos e cargas com bagagens. A comitiva tomou um bom pedaço da Rua Direita. O plano era viajarem em intervalos de cinco horas ininterruptas, quando então parariam para o descanso.

Quitéria já estava com sua barriga bem à vista. Ela e Tomásio foram despedir-se de Zé Savalu. Ela, com o coração aos pulos e reprimindo a vontade tremenda de chorar, apenas murmurou na língua de ambos quando o abraçou: "Volta! Estás proibido de morrer. Volta!" Ele assentiu com a cabeça, abraçou-se longamente a ela, fez-lhe um carinho e pediu que retornassem, pois ele precisava se apresentar àquele que seria seu novo dono até a chegada ao seu destino: o Frei Alexandre Saldanha Sardinha. Tomásio pôs a mão em sua cabeça e orou em silêncio antes de enlaçar Quitéria e se dirigir de volta à casa de Sinhá Branca.

— São Elesbão e Santa Efigênia lhes acompanhem... — entregou-lhe uma pequena cruz de madeira que enfiou dentro da trouxa que recebera de dona Branca, abastecida com uma manta rústica, uma calça e uma camisa de mangas longas. Ele ia vestido com uma muda de roupas iguais às que estavam na sacola e ainda um chapelão de feltro marrom de abas viradas, uma capa com abertura no centro e um par de botas que iam até o meio das coxas para proteção em terrenos alagados, matas ou em dias de chuvas. Sem essa indumentária – ela sabia – seu "presente" tinha grande chance de morrer de frio antes da metade do caminho e isso aborreceria tremendamente o presenteado. Ele também levava uma mula com algumas ferramentas na tralha.

Savalu nunca se vira vestido daquela forma e nunca levara sozinho coisas tão valiosas. Nunca tivera seus pés calçados. Estava sentindo-se muito especial. Dona Branca calculou sua ideia como um investimento ousado e altíssimo, porém tremendamente rentável no médio e no longo prazo.

Savalu ficou por um instante olhando os dois, ou melhor, os três afastarem-se lentamente. Quitéria, a intervalos, olhava para trás, tentando uma última imagem dele, que não queria admitir para si mesmo que estava nervoso e aflito, embora com um raio de esperança. Olhou-os pensando em quando, e se, os veria outra vez. Afastou os pensamentos de dúvida. Não eram de bom agouro para uma jornada como a que começaria.

Muitas pessoas curiosas foram ver a saída do comboio. Senhores, senhoras, crianças, autoridades, escravizados, guias, capatazes, tropeiros, comerciantes com encomendas e cartas. Estavam todos lá para ver os quase 200 homens que levariam meses viajando. Vitória estava misturada à multidão quando Felipe chegou acompanhado da família e com Juvenal puxando seu cavalo e bagagens. Dona Gertrudes, que pegara uma carona no transporte da família vizinha, procurava não perder nenhum detalhe do evento. Manuella, de olhos lacrimosos, entregou-lhe um terço e beijou-lhe a testa. Antônio puxou o filho de lado e apertando-lhe as mãos deu seus conselhos finais.

– Lembre-se: precisamos conquistar mais que a simpatia, mas a admiração do frei. Tome cuidado com ele, pois não é tolo. Estamos todos em suas mãos, filho...

Felipe assentiu com a cabeça e, quando virou os olhos para a multidão, lá estava ela, Vitória, mirando-o e a dizer sem falar que não seria tão fácil a tarefa que o pai lhe impusera. Despedindo-se da família, ele afastou-se com Juvenal e a bagagem. Pediu ao negro que esperasse um instante e que não saísse do lugar. Andou apressado entre o povo, esticando o pescoço para ver se a encontrava.

– Inhozim?...

Ele virou-se abrupto e ela já estava caminhando como se o chamasse para algum local. Contornaram o Morro do Desterro e foram para o seu local secreto de encontros, atrás da pequena capela em ruínas que havia ali, onde quase ninguém aparecia. A capela do encontro com cheiro de damas-da-noite, ao lado da figueira imponente. Olhei de relance, a ampulheta estava virada. Deram mais um dos últimos beijos que lhes restavam.

– Inhozim... estás em apuros...

– Não há outro remédio. Meu pai foi irredutível e eu mesmo não vejo saída. Sabes que recebi uma carta...? Sabem de nós. E o sabem com riquezas de detalhes. – Ele olhou-a avaliando sua reação e elevou o tom, apertando seu braço. – Vitória, o que estás a tramar? O que pretendes? Que ligações tens com meu pai? Estás a me chantagear? Queres me matar, condenar à forca, levar-me à ruína a mim e aos meus?

Eu apenas observava, intrigado em saber como ela explicaria tantas coisas em tão apertado tempo. Senti, mais uma vez, a corda tensa esticada entre eles, mas ela enterneceu o olhar. Transparecia sentir muita compaixão.

– Inhozim, Inhozim... Tão valente, mas num sabe quem são os inimigo de verdade.

Ouviram galopes. Correram e gastaram mais um beijo. Cada um foi para um lado. Vitória chegou primeiro correndo à Rua Direita. Olhando para trás para ver se alguém a seguia, não viu Zé Savalu, que também olhava para o lado oposto à direção em que andava, tentando ver mais uma vez Quitéria. Trombaram e ela sentiu um arrepio. Tremeu toda e puxou-o pelo braço. Savalu notou que ela estava estranha, parecia em transe:

– Nego, lembra de u'a coisa: traição é um vício de sinhô e de sinhá. Num confia. Cuidado. Num confia! Dou-te dois conselho: Quando tudo estiver difícil, olha pra frente. E quando chegá a hora, agarra-te com a pedra e com o santo. Tu vais sabê quando a hora vié. Agarra-te c'o santo e a pedra!

Zé Savalu sabia quem era Vitória. Era muito conhecida nas ruas como adivinha poderosa, curandeira, pessoa que tinha um trânsito com o mundo espiritual e também pela atividade no cais do porto. Ele sabia que ela não fazia mal a ninguém, ao contrário. Sabia também que algumas prostitutas eram suas amigas, mas com outras brigava ferozmente. Todavia, desde que uma de suas inimigas tentou esfaqueá-la pelas costas e terminou morta, nunca mais se atreveram com ela. Não incomodava ninguém, mas ai daquele ou daquela que a incomodasse.

Vitória também possuía conhecimentos que acabavam aliviando as dores do corpo e as doenças. Médicos e remédios eram coisas escassas mesmo em um porto como o do Rio de Janeiro. Quando as naus aportavam, muitos medicamentos estavam podres pelas rudezas da viagem e, mesmo que estivessem bons, eram os conhecimentos deles e dos índios sobre plantas e suas aplicações que acabavam socorrendo a todos. Ela era uma figura bizarra para a maioria, mas tinha lá sua utilidade e ficava em seu canto.

No estranho encontro que teve com ela naquele dia na rua Direita, Savalu disse timidamente um "agradicido". Ela abriu os olhos, encarou-o meio tonta, sem entender o que tinha ocorrido, e seguiu apressada, desaparecendo entre as cabeças que enchiam a rua. Ele também já ia seguindo seu rumo quando viu Felipe, o noivo de Sianinha, também passar apressado, suado e nervoso.

Apesar de pôr alguns olheiros para vigiá-lo até a hora de embarcar, Branca estava segura de que Savalu se apresentaria sem problemas: afinal, fora ele próprio que pedira a viagem, esperançoso como muitos de que as Gerais eram o Eldorado perdido. Ajoelhando-se, ele se pôs a serviço do frei repetindo o texto ensaiado com Dona Branca: "Venho a Vossa Senhoria Reverendíssima para servir-lhe durante toda a viagem, enviado por Dona Branca Muniz". Esticou-lhe uma mensagem, enviada por ela, que relatava o conteúdo da trouxa, do que vestia Savalu e de seu excepcional estado de saúde atestado por um doutor.

– E qual a tua graça, negro?
– Zé... Zé Savalu.

Alexandre examinou-o rapidamente. Pediu que ele e a mula que trouxera estivessem então sempre próximos dele. Saldanha Sardinha reconheceu Manuella em meio à aglomeração. Olhou-a lembrando dos encontros que tiveram. Não podia negar que era uma mulher fascinante, e também não podia deixar de agradecer por estar se afastando, pois, caso seguisse tão perto, poderia realmente se ver perdido por ela. Ele deu uma bênção geral e partiu em uma carruagem.

Na frente dele, apenas o cavalo do primeiro guia; em uma montaria à sua direita, Felipe Gama parecia um príncipe aos olhos das mocinhas sonhadoras; em uma mula um pouco atrás ia Zé Savalu, seu servo pelos próximos meses. Alexandre e Manuella olharam-se. Só voltariam a se ver muito tempo depois, quando o destino de todos estaria selado.

Estava tudo correndo como planejaram, mas, quando retornaram a casa, Antônio e Manuella encontraram mais uma ameaça velada, um bilhete na soleira da porta: "Sobe a serra a vossa perdição".

3. DOS PROCESSOS

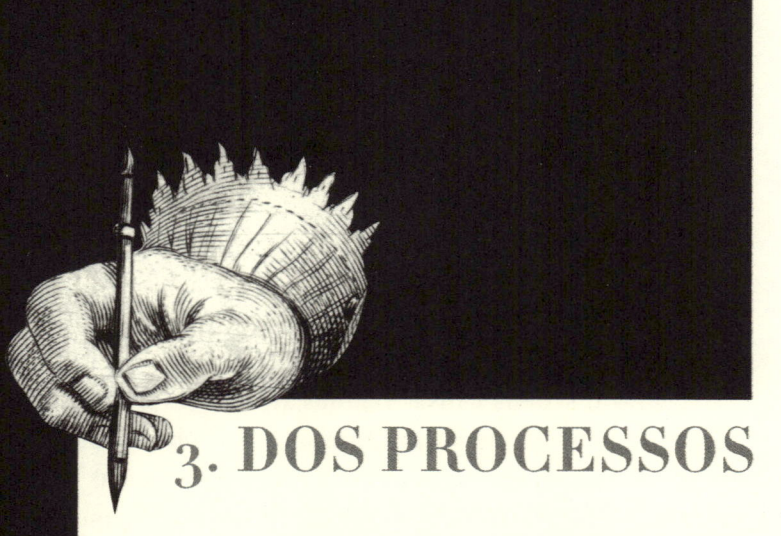

...qualquer pessoa (...) que sendo achado levando algum cativo para o por a salvo, aquelle, que assi levar sendo judeu ou mouro forro será cativo do senhor do escravo (...)
(Ordenações Filipinas. Livro V. Título LXIII. Dos que dão ajuda aos escravos cativos para fugirem ou os encobrem)

SUBINDO PELA PAREDE VERDE

A viagem transcorria cansativa, mas até ali sem atropelos. Chegaram à cidade de Paraty, que servia de entreposto, e adquiriram mais montaria, pois precisariam atravessar rios e fazer caminhos íngremes. A cidade tinha um movimento intenso. Chegaram a uma praça com uma igreja ao fundo e duas casas de vendas de pretos ao lado. Não conseguiam medir o número de mulas que se amontoavam ali. O mau cheiro que vinha do mercado, de marujos e gente para venda que passou dias sem conta em alto-mar, misturava-se com o odor das fezes dos animais, deixando o ar quase impossível de respirar. Felizmente, a maré subia e entrava por um rebaixamento feito propositalmente para inundar aquele pedaço da cidade, levando para o mar a imundície e deixando o ar um pouco menos saturado.

Paraty pareceu muito diferente do Rio de Janeiro aos olhos de Zé Savalu. Era severamente vigiada por todos os lados e tinha sobrados majestosos. Alguns mais suntuosos que os de Dona Branca ou do Senhor Antônio Gama. As ruas completamente calçadas com pedras, os lampiões de óleo de baleia iluminando todos os caminhos, as casas de comércio abarrotadas de gente. Cachaça. "Não se faz uma mina sem cachaça!", diziam os tropeiros experientes. Realmente, grande parte da carga era mesmo de aguardente.

Uma parede verde cercava a cidade. Montanhas que Felipe olhava com apreensão. O que estaria reservado a eles nesta aventura? Dormiram dois dias em Paraty para reabastecer e descansar. Felipe em casa de amigos da família, Frei Alexandre com os religiosos locais, e Savalu junto deste, no cômodo para a criadagem. Pela manhã todos se reuniram na praça do mercado e se organizaram para começar a nova etapa da viagem.

Assim que começaram a subida da serra, Zé Savalu sentiu que estavam entrando em outro reino. Quando pararam em um ponto alto e ele pôde avistar a imensidão de floresta em torno e embaixo de si, com seus vários tons esverdeados misturados à bruma e aos coloridos pássaros que pontilhavam o firmamento, encheu os pulmões com o ar sem nódoas e bebeu uma água cristalina que descia num córrego. O vento gelado tocava sua pele que se arrepiava com a temperatura raramente sentida numa cidade como o Rio de Janeiro. O nevoeiro adensou e a caravana reduziu o passo, com os ponteiros acendendo tochas para vencer o véu cinza na estrada sinuosa.

"Eia! Sobe! Eiaaa!", gritavam os tropeiros que iam tocando os animais pelas trilhas apertadas. Por vezes conseguiam bom pouso em casas abertas pelo caminho exclusivamente para receber os viajantes, em fazendas, sítios e mosteiros de religiosos. Por outras, não tinham onde montar um singelo acampamento ou esticar uma rede.

Metido em botas até acima dos joelhos, o frei poderia ser confundido com um viajante qualquer, não fossem as tentativas de dar-lhe as acomodações mais dignas em todos os pontos de parada e as missas e orações que ministrava nas "Horas do Angelus", ou seja, às seis da manhã, ao meio-dia (a hora em que o diabo está solto, como diziam os populares) e às seis da tarde. Em casa de certo João de Deus, por exemplo, encontraram videiras, figos, bom vinho, uma capela asseada e hábitos muito próximos aos do reino, mas na maior parte do tempo a dificuldade imperava. Descobriu que macacos e formigas eram fina iguaria naqueles sertões, dormiu em locais com certo conforto e, em outros, com baratas como companhia.

***

Naquela tarde, Zé Savalu amarrou uma corda muito bem apertada a uma árvore em uma margem de rio e, com a outra ponta enrolada ao corpo, atravessou para o lado oposto, onde seria atada a outro tronco para servir de apoio para a travessia de todos. O céu estava pesado.

Os homens começaram a entrar no rio segurando na corda que servia como uma espécie de corrimão. Tocavam os animais o mais depressa que conseguiam e de mão em mão iam passando nervosamente as mercadorias para o outro lado, pois pingos grossos começaram a gotejar.

Quando faltava ainda metade da comitiva para cruzar o rio, a tempestade desabou. Com muito sacrifício passaram todos, e o último da fila, um tropeiro forte de nome Gabriel Boi, desataria a corda na margem inicial, enrolaria no próprio corpo como fez Savalu e seguiriam viagem. Só não contavam que a terra encharcada desabasse uma banda da estrada por onde o grupo grande saído do rio já começava a trilhar. Cavalos, mulas e homens descendo pelo desfiladeiro, atolando-se. Gritos. Desespero.

O rio enchera rapidamente. A correnteza estava muito forte e violenta. A corda soltou-se da cintura de Gabriel. Ele foi arrastado pelas águas e se segurou numa pedra, onde procurava se manter a muito custo. Aflito, Zé puxou a corda de volta e tentava jogar para ele. Gabriel era um homem pesado. Sozinho ele não conseguiria resgatá-lo.

– Deixe-o! Acuda os animais e os demais tropeiros. Agora! – gritou-lhe Alexandre, imediatamente voltando-se para a caravana na tentativa de desatolar uma das mulas.

Gabriel gritava por socorro. Não conseguiria manter-se agarrado onde estava por muito tempo. Vendo o dilema de Savalu, Felipe correu para ajudá-lo a puxar Gabriel. Os dois então atiraram a corda e, numa terceira tentativa, ele finalmente conseguiu segurar. Empregando o máximo de força que conseguiam, puxaram o homem muito pesado da água para a terra e correram para auxiliar os demais. A chuva desceu ainda mais pesada.

As encostas estavam muito perigosas. Nestas horas não há hierarquia. O frei viu-se ao lado de Felipe, Savalu, de outros tropeiros comuns e escravizados ajudando para que não fossem todos literalmente por água abaixo. Aos gritos tentavam pedir que não se desesperassem. Zé Savalu pedia calma, mas ele mesmo não conseguia mantê-la. Tinha verdadeiro pânico de altura e, se andasse três passos para o lado na estrada em que estavam, cairia de uma altura inimaginável no nada. Vitória lhe veio à mente: "Quando tudo estiver difícil, olhe para a frente".

Foram momentos tensos até que a chuva foi cessando devagar. Era preciso mais cautela ainda. Levaram um dia inteiro e metade de outro para conseguir alcançar um local onde pudessem contabilizar perdas, limpar-se minimamente e repousar. Acomodado em uma tenda improvisada, Alexandre chamou primeiro Felipe e lhe deu um severo aviso para que jamais o desautorizasse. Não gostou da forma como saiu a acudir os dois pretos, ignorando-o. Chamado pelo frei, Savalu não recebeu a mesma tolerância: mal chegou, levou um ruidoso tapa no rosto, que abaixou imediatamente, pondo os olhos nos pés.

– Na próxima vez, morres tu e ele, entendeste? Contudo... fostes de muita utilidade neste difícil trecho da viagem. Sigamos, mas não brinques comigo, negro. Não brinques!

À noite, acenderam uma fogueira alta para espantar o frio, secar roupas úmidas e comer feijão com farinha e toucinho. As **ciculateiras*** deixavam exalar um aroma agradável de café e as **bruacas**** se abriam para deixar sair alguma aguardente. O homem resgatado do rio se aproximou. Ele sabia falar a língua de Savé. Começaram uma conversa em voz baixa sem chamar a atenção dos demais, que tentavam esquecer o terror recente e aquecer cantando um pouco em volta do fogo.

– Nem te agradeci... – Zé apenas fez um gesto afirmativo com a cabeça. O homem prosseguiu. – Estás surpreso? São muitos anos nestas travessias. Sei muitas línguas de África. Menino... Não fazes ideia, não é verdade? Escuta o que vou te contar e toma isto como uma paga pelo que me fizeste hoje, pois ninguém vai falar-te o que agora vou te dizer, e, quando descobrires, será tarde demais.

Ele então começou a relatar o que eram para eles, os pretos, as tão sonhadas Minas Gerais. Contou que foi como tropeiro pela primeira vez ainda nos primeiros anos das descobertas das lavras de ouro. Lá se iam mais de 30 anos. As cidades foram crescendo.

– O próximo carregamento que vem pelo Rio das Velhas é só de pretos porque... Porque neste lugar um moleque mal

---

* Cafeteiras; corruptela de chocolateira (termo do vocabulário dos tropeiros).
** Bolsas de couro cru usadas para transporte de comida ou mercadoria.

chega à tua idade, rapaz. Caso consigas entrar a trabalhar num lugar daqueles, serás quase um velho... – ele riu baixo – Levanta para que eu te olhe.

Savalu levantou-se e o tropeiro fez um ar desolado.

– As minas... Aquelas cavernas são muito baixas no teto, então eles precisam de negro baixo, entende? Tu não servirás. O preto tem que conseguir entrar debaixo da terra e em alguns pedaços os adultos, por mais baixos que sejam, também não conseguem. Então usam os pequenos. Com seis anos já estão entrando nas entranhas da terra para tirar pedras que podem ter muito ouro dentro. Já viste uma pepita de ouro preto? É a coisa mais linda, mais linda...

Os olhos de Gabriel brilhavam como se tivesse acabado de achar uma pepita. Ele olhava para as mãos vazias como se estivesse vendo e girando a pedra entre os dedos.

– É uma pedra escura onde se pode ver uma mistura dourada intensa. É o melhor ouro. São 23 quilates! Para achar uma belezura dessas, trabalham o dia todo com água quase pela cintura, mas a quentura lá dentro é coisa do inferno. É muito escuro também e as tochas com óleo de baleia soltam uma fumaça que enche os túneis. Todos os dias levam uns pássaros nas gaiolas; quando os pássaros começam a morrer, retiram os pretos de dentro da mina porque é sinal de que vão morrer também, mas a essa altura já respiraram muita fumaça. Doença do peito mata demais... Os buracos são fundos.

Gabriel e Savalu ficaram um minuto em silêncio. Gabriel prosseguiu descrevendo o que Zé jamais imaginara.

– O barulho alto dos ferros, martelos e picaretas nas paredes não para por horas e horas e horas... É muito perigoso porque deixa capatazes e escravos surdos, e os que escavam, com o tempo, ficam cegos também por causa do pó e dos estilhaços que saem das pedras. Os senhores e capatazes não fazem caso, lógico, porque preto cego tem muita serventia.

– Que serventia pode ter alguém que não enxerga? – indagou Savalu, incrédulo.

– Sim, senhor! Quem precisa enxergar pra ficar pilando pedra o dia todo? Os cegos esmigalham as pedras que as crianças trazem numas bolsas de couro que carregam nas costas. É muito peso para carregar e, para os moleques aguentarem, dão muita pinga. Sem cachaça a mina não funciona. Já ouviu isto, não? Olha essas cargas que estamos levando. Boa parte das caixas é de aguardente. Estamos levando óleo de baleia também.

Savalu refletia que de castigos já provara muitos, e não havia dia em que a vida não lhe fosse um desafio, mas finalmente encontrara algo ainda pior. Ele quis saber:

– Mas... o que acontece com os que, como nós, não conseguem trabalhar nas cavernas?

– Filho... nas cavernas, apenas pretos baixos. Eles trabalham nas lavras e alguns são separados só para emprenhar as pretas baixas que vão parir outros pretos baixos, entende? Os altos, os como tu... os como eu... eles vendem pra lavoura em algum sertão paulista ou castram. Castram feito boi – disse Gabriel... Gabriel Boi.

Savalu levantou de um salto, sentindo uma garra no pescoço. Sentiu-se o próprio pássaro levado para morrer asfixiado. Olhou para o novo amigo, que agora escondia a cabeça entre as pernas, com um misto de pena, revolta, nojo e pânico. Pena por Gabriel, revolta por todos eles, pânico porque estava caminhando rumo ao infortúnio e nojo de todos aqueles senhores.

Olhou em volta. Tudo fez sentido em um segundo. Dona Branca o utilizara para agradar ao frei. Seria muito conveniente se o castrassem, pois, caso conseguisse retornar, poderia servir a sua filha após seu casamento, sem que fosse um perigo para a união, visto que reparara no interesse dela. Ele não conseguiria nem ao menos se aproximar de uma mina. Se conseguisse voltar, retornaria castrado, sem ouro e mais cativo que nunca. O ódio tomou todo o seu ser como um bicho que estava à espreita, apenas aguardando para aparecer e rosnar com os caninos à mostra. Imediatamente começou a imaginar uma maneira de escapar da arapuca em que fora aprisionado. Ainda não sabia como, mas arrumaria um jeito. A primeira providência era saber por qual motivo sua senhora temia tanto Frei Saldanha Sardinha.

Subitamente lembrou-se do **jimbanda*** Vitória: "Traição é um vício de sinhô e de sinhá".

***

Exaustos após dez semanas de chuva, sol, lama, mato, comidas duras, pouco sono, pouso incerto e insetos, não estavam distantes de chegar à primeira cidade das Minas quando Alexandre Sardinha, em sua tenda de acampamento, fora picado por uma serpente. Acordado com os gritos de dor, Savalu ainda pôde ver o animal, que espantou apontando a tocha que iluminava a tenda. Imediatamente sugou todo o veneno do ferimento, cuspindo-o fora.

O frei ficou muito mal dias e dias, mas o expediente daquele que fora presente de Dona Branca o salvara da morte certa. Uma noite, enquanto recolhia vômitos em um urinol

---

* Provável corruptela de "quimbanda", usado pelos portugueses para designar os negros acusados de feitiçaria e homossexualidade.

para esvaziá-lo no rio, os delírios febris de Saldanha Sardinha lhe deram todas as informações de que precisava.

— Vou condená-los à fogueira! Judeus hereges! Preciso de provas, de mais provas... malditos! E ainda têm um "invertido" entre eles, estou seguro... gente do demônio! Nada do que possuem lhes pertence. Tudo é do verdadeiro Deus, d'el Rei e da Igreja. Nada... — e com outro espasmo sacava o que já não possuía dentro do estômago.

Agora fazia alguma ideia do que Alexandre procurava e do que Sinhá Branca temia. Ele ouvira falar e Tomásio, sempre leal aos senhores, mas fiel cristão, balançava a cabeça quando via certas práticas. Era ainda criança quando o marido da sinhá falecera e vira o velho negro benzendo-se o tempo todo escondido durante o funeral. Lembrava de que sempre o ouvia sussurrar: "O povo que matou Cristo...". Contudo, pensava: "Mas... que história de invertido seria aquela?"

Estava absorto em pensamentos, tentando juntar todas as peças daquela história, quando Felipe pôs o rosto para dentro da tenda improvisada que abrigava o frei e seu servo. Um relâmpago na memória conduziu Savalu para mais de dois meses antes do dia da partida, na Rua Direita, quando Vitória lhe disse aquelas palavras tão enigmáticas. Savalu murmurava "Vitória, inhozim Felipe, invertido entre eles...". Mais uma peça do jogo se encaixava em sua mente.

O religioso dormia finalmente após uma noite entre gemidos, febres e vômitos. Parecia que o pior havia passado. Savalu olhou para Felipe curioso, sem nada dizer. Quando o rapaz perguntou, limitou-se a falar:

— Sim, tá milhó sim.

Trataram de arrumar uma galinha nas vizinhanças e fizeram uma canja forte. Canja era um santo remédio para quase tudo, naqueles tempos e em outros também. Aparentando mais firmeza e cor nas faces, no dia seguinte Alexandre sorvia na cuia a sopa que parecia o melhor banquete. Savalu observava que Felipe queria, mas tinha medo de se aproximar em demasia do homem mais importante da expedição, embora ele próprio fosse um personagem de destaque no grupo por sua condição financeira e origem. Caso fosse o que Zé Savalu achava que era, entendia perfeitamente os motivos.

Eu olhava o céu e a terra, a natureza e seus sinais... o tempo corria. Zé precisava se apressar. Foi então que Savalu correu para se acercar de Felipe na primeira chance, sendo firme e direto, dizendo saber que ele e Vitória encontraram-se no dia da partida da caravana. Felipe o olhou com um misto de pavor e constrangimento, dando a prova de que ele precisava.

– Inhozim num carece de tê medo. Quem é o Zé Savalu pra achá da vida dos outro? Me importa a minha vida e a dos meus. Posso lhe ajudá, se o inhozim também me ajudá.

Foi assim que selaram uma parceria para enfrentar o que ainda tivessem que encarar.

NA GIRA DO MUNDO

98   Fico sempre muito admirado do modo como as pessoas caminham sobre a Terra sem perceber que flutuam entre dimensões. Explico melhor: ao virar uma esquina, a soleira de entrada de uma residência ou simplesmente sair da rua para pisar na areia da praia, pouca gente nota que estamos entrando em outro tempo e espaço. E foi exatamente isto o que aconteceu naquela tarde, quando Felipe, Zé Savalu e uns poucos se afastaram do acampamento para caçar.

Os pretos não podiam carregar armas de fogo e Felipe era exímio atirador, graças às aulas diárias pagas pelo pai na fortaleza. Savalu não portava garrucha, mas sabia armar arapucas e se encarregaria de limpar a caça e transportá-la. Onças eram ameaças reais e mortais naqueles caminhos. Todo cuidado era pouco.

Estavam os dois afastados dos demais, caminhando em silêncio, pisando com vagar as folhas úmidas, com toda a atenção nos ouvidos e no faro. Levantaram os pescoços para aguçar a audição.

– Xiiiii! – Sibilou Zé Savalu com olhos arregalados, estático e todos os sentidos alertas. Felipe, dando um passo lento para trás, por um triz não caiu em um buraco. Foi pego pelo braço por Zé para retomar o equilíbrio. Pensou estar imaginando coisas, mas escutava um longínquo "Acode! Acode! Tem piedade!..." e um choro baixo, ofegante, soluçante.

Afastando alguns galhos, gravetos e folhas, viram um buraco de onde vinha uma voz sumida pedindo socorro. Examinando melhor a borda, viram que possuía uma espécie de escada pequena e rústica, escavada na própria terra. Se havia alguém no fundo, não entendiam por que a pessoa não subia por ela. Estava muito escuro. Na bagagem que estava na mula, possuíam um pequeno candeeiro, uma lanterna de tropeiro que nada mais era que um recipiente pequeno com um pedaço de pano embebido em óleo de mamona e pedra para fazer fogo. Pedindo que Zé o seguisse com o holofote, Felipe foi descendo devagar. Quando chegaram ao fundo, se depararam com uma cena que jamais esqueceriam.

Em meio a corpos, alguns com metade para fora e outra metade soterrados por um grande volume de terra, um homem estendido no chão recorria às últimas forças para pedir ajuda. O buraco era o respiradouro de uma mina que desabara após a chuva que quase vitimou Gabriel Boi no rio. A entrada da mina estava bloqueada pela terra alguns metros adiante. Muitos não tiveram tempo para ao menos tentar chegar ao respiradouro, outros alcançaram, mas, feridos, acabaram morrendo ali. Ele fora o único que tivera forças para chegar vivo até aquele momento, mas estava muito fraco e parecia ter uma das pernas quebrada.

Colocando o candeeiro em um dos degraus, Felipe e Savalu deram água e puseram uma tala na perna ferida. Estava feio o machucado, uma fratura exposta. A tala amenizou a dor e o homem então, com enorme dificuldade, disse que se chamava Tonho. Escavavam na mina quando o desmoronamento aconteceu. Segundo ele, os capatazes foram avisados pelo mestre da escavação para não prosseguir, mas ainda não tinham atingido a cota de pedras do dia e foram obrigados a continuar, ameaçados com armas apontando para suas cabeças. Os capatazes que ficavam do lado de fora, vigiando tanto a entrada principal quanto a possível saída pelo respiradouro, ouviram os lamentos e pedidos de socorro, mas fugiram deixando todos para trás, soterrados.

Tonho não fazia ideia de quanto tempo estivera ali deitado. Começou a chorar convulsivamente. Estava com frio, com fome, sentindo muita dor e medo... Ouvira rugidos de onças e não sabia como ele, o único vivo, e também os mortos, não foram comidos por elas.

Felipe e Savalu tinham entrado em uma história paralela, em um tempo subterrâneo e que caminhava simultâneo ao deles. Os dois ouviram o relato sem saber o que fazer. Não poderiam incorporá-lo à comitiva. Tampouco levá-lo para outro lugar sem montaria. Deixá-lo para morrer comido pelos felinos que tanto o apavoravam, de fome ou de frio, amortalhava seus espíritos. Olharam-se com a angústia de saber que teriam que sacrificar Tonho para poupá-lo do enorme sofrimento daquela agonia lenta. Savalu, com toda a raiva que brotara em seu espírito após a conversa com Gabriel Boi, reprimiu um grito e seus olhos marejaram. O que fazer?

Deus, os deuses ou seja lá quais as forças que atuam sobre os destinos dos homens, vieram em socorro, apressando a ida de Tonho para o outro mundo. Porém, antes de dar o último suspiro, Tonho disse que percebia que chegara até aquele momento apenas para encontrá-los. "Gente de coração bom...", disse com a respiração entrecortada, e deixou-lhes uma herança que os obrigaria a ficarem juntos até o fim daquela jornada. Tirou da dobra da calça um papel encardido que repartiu ao meio e deu um pedaço para cada um.

— Nóis, os nego que cavava nessa mina tirava ouro p'o sinhô, mas tamém p'a nóis... Esse papé diz onde nóis escondia. Os outro num se importava em escrevê. Diziam que guardavam "tudo na cabeça". Eu, Tonho, fiz esses escrito sozim... Desenhei com um papé que roubei do capataz, com as tinta ocre das parede da própria mina e um graveto. A gente nunca sabe o que pode acontecê. Nega Maria precisava sabê o que tinha aqui... Ocês sabe, muié num trabalha dentro da mina. Dá mau agouro! Ela e as outra ficavam fora batelando, girando aquela gamela grande pra vê se sobrava ouro no fundo. Eu ia entregá p'a ela, mas ela se foi também... Guardei entonces o papé comigo p'onde fosse. Num confio em ninguém... Ocês só vão descobri se juntá os dois pedaço.

Admirei a inteligência da dupla. Não adiantaria unirem-se para buscar o ouro e fugir da comitiva. Savalu era propriedade do frei poderoso e Felipe, filho de um grande comerciante. Poriam capitães do mato que faziam parte da própria comitiva no encalço e facilmente os encontrariam. Precisavam ter paciência para sentir o momento certo. Estavam confiantes de que ele chegaria, pois o destino acabara de dar-lhes um importante sinal.

Felipe lembrou-se de Vitória. Sim, foi ela quem lhe ensinou a identificar os sinais dos caminhos dos viventes. Fatos inesperados que apontavam, davam um norte para prosseguir. Era o que ela chamava de "a língua de Deus". Como estaria? Sentia tanto a sua falta... Estava nítido que o caminho dizia que deviam seguir, ele e Zé Savalu, juntos.

Cada um guardou seu presente, pegaram algumas pás que estavam na mula amarrada a um tronco, pois antes de morrer Tonho só pediu para taparem o respiradouro para as onças não comerem a ele e aos outros, deixando que os corpos deles retornassem à terra que um dia os moldou para o mundo. Assim, voltaram já anoitecendo para o acampamento com tatus, preás, macacos, algumas aves e um mapa do tesouro.

***

Era o fim da tarde quando Zé Savalu, frei Alexandre, Felipe e a comitiva avistaram o Farol dos Bandeirantes, uma pedra imponente na paisagem que os indígenas chamavam de Itacolomi. Todos deram vivas e jogaram chapéus para o alto, pois aquela era a referência avisando de que estavam muito próximos de Vila Rica. Caminharam mais um dia, descansaram e, no final do dia seguinte, entraram na cidade. Savalu e o frei foram direto para uma casa paroquial. Felipe foi para a residência do irmão, Balthazar, que já o aguardava para qualquer momento. Muitos tropeiros haviam se dispersado em outras cidades mineiras. Os que foram com eles até ali se espalharam pelas ruas pedregosas, entre os casarios imponentes e os lampiões acesos com óleo de baleia sempre próximos das igrejas e que, assim como no Rio de Janeiro, davam um aspecto lúgubre à cidade.

O maciço de montanhas que isolava a região só se podia ver por uma imensa massa escura. Apesar da pouca visão, era possível notar que Vila Rica era muito bonita e que estava em pleno crescimento. Foi apenas quando o dia raiou que Savalu pôde enxergar o que realmente era o local, pois, depois que recebeu o mingau na cozinha, foi chamado por Alexandre para segui-lo numa excursão pela cidade, após a missa matutina e o farto desjejum oferecido em sua homenagem por padres da região.

O vigário chamado Vicente Luiz, Felipe e o frei iam numa charrete, e ele se equilibrando no banquinho traseiro, junto às rodas que trepidavam pelo calçamento de pedras irregulares, quase o jogando para fora. Rodaram pelas ruas e viram um povoamento rico como não era nenhum outro na colônia. Havia 24 anos fora criada a Capitania de Minas Gerais, e Vila Rica era a sua próspera capital. Muita gente circulando, lojas abertas, sinos repicando.

A charrete parou em frente a um casario imponente. Deixaram-no do lado de fora. A primeira pessoa que Savalu avistou foi um homem de estatura muito baixa, que mancava de uma maneira estranha e até certo ponto cômica. Chamou-o e ele não respondeu. Lembrou-se do que lhe contara Gabriel Boi, sobre como muitos negros ficavam surdos. Sentiu-se diferente e chamando a atenção. Foi quando uma mulher velha e andrajosa se aproximou dele puxando um assunto.

– Mais um forasteiro... És liberto? Não queres responder... Estás fugido e vieste em busca do ouro? – Ela sorriu baixo e tristemente. – Sei que deves ter viajado léguas montanha acima e montanha abaixo, mas, se puderes, volta por onde vieste.

Ele pensou que era tudo o que desejava naquele momento. Não sabia que dentro da casa Felipe começava um plano para libertar a ambos. Seu irmão, Balthazar, veio recepcioná-los com grande entusiasmo. Depois de fazer as reverências respeitosas aos religiosos, abriu seu largo sorriso para o irmão.

– Veja se o caçula não está um homem! Era ainda um pirralho de calças curtas da última vez que o vi. Venham, entrem! – disse com seu vozeirão, soltando uma risada alta e sufocando-o com o seu abraço de gigante.

Assim como Lucas, o outro irmão que vivia em Portugal, Balthazar era um homem muito, mas muito grande para os padrões da época. Ambos eram filhos do primeiro casamento de Antônio. Ele, filho de Manuella, também era um homem alto, porém de corpo mais alongado que o dos irmãos.

Tido como bonachão, com sua farta cabeleira encaracolada de um ruivo escuro, riso farto e boas histórias, Balta Gama, como era conhecido em todas as tabernas dos caminhos que iam de Vila Rica ao Rio de Janeiro, era totalmente imprevisível. Com muita facilidade ele passava da alegria à fúria e, nesses momentos, tragédias poderiam ocorrer. Era casado com uma mulher completamente apagada de nome Zulmira, que poderia passar-se facilmente por sua criada. Ela não ousava contrariá-lo em nada por motivos óbvios.

O pai enviara carta havia meses, avisando da chegada do caçula ainda para aquele ano. Devia ensinar-lhe tudo, pois em breve estaria em uma estratégica posição para os negócios familiares no Rio de Janeiro. Balthazar enriquecera ainda mais o clã dos Gama quando notou que muitos mineiros, na ânsia de braços para extrair cada vez mais ouro, compravam escravizados a prazo e a juros altíssimos (25 a 30% ao ano). Endividados, acabavam perdendo os negros, as jazidas e tudo o que tinham... e por vezes a vida, pois Balta não deixava nada sem resposta.

A Inglaterra produzia grande parte dos utensílios que se consumiam em Minas e o irmão do meio, Lucas, do outro lado do oceano, negociava com os ingleses e com a Coroa. Desta forma, o ouro saído dos braços dos escravizados, que eram crianças, cegos, surdos e sufocados nas entranhas das montanhas brasileiras, enriquecia de verdade o rei Jorge II, seus súditos... e uma meia dúzia de outros endinheirados como a família Gama.

O grupo conversou animadamente sobre as aventuras da viagem, e Felipe tentava não deixar transparecer a tensão que o invadia. A hora do almoço chegou e, tentando aparentar naturalidade, o jovem mencionou displicentemente que Zé Savalu fora presenteado ao frei por sua sogra para acompanhá-lo durante a viagem, mas que gostaria que, agora que chegaram ao destino final, ele retornasse aos serviços da família, pois era de muita valia.

Pensando no período em que esteve à beira da morte e a forma dedicada e principalmente eficiente com que Savalu serviu a ele, Alexandre avaliou que ele poderia ser de grande serventia naquela estada nas Gerais. Fez uma oferta irrecusável. Balthazar lembrou-se dos alertas na carta do pai para de todos os modos agradarem ao religioso e, tomando a frente do irmão menor, aceitou. Felipe sorriu sem vontade e celebraram o acordo com o brinde pela venda. Felipe resolveu tentar uma última cartada.

– Excelente! No entanto, podemos então reparti-lo. Explico-me: fizemos excelente dupla nas caçadas ao longo do trajeto. Frei Saldanha Sardinha é testemunha. Não fosse isto, teríamos chegado aqui bem mais magros do que nos encontramos. – Todos riram. – Periodicamente, a cada quinzena, peço a permissão para tê-lo como assistente em caçadas pela região, pois, ao que me parece, estas cidades têm carência de certos gêneros. O fruto destas incursões na mata eu repartirei com sua residência, estimado frei Alexandre.

Aceitaram. Realmente, ouro e diamantes são preciosos, mas não matam a fome. Dependiam de comida de locais mais férteis e distantes ou do que traziam os tropeiros. Todo auxílio neste sentido seria bem-vindo. Desta forma, Felipe garantiu algum contato com Zé Savalu, a sua "outra metade". Poderiam conspirar, mas o frei era esperto. A ação não poderia demorar a acontecer.

NO PESO DO OURO

Zé Savalu agora tinha definitivamente e oficialmente Alexandre Sardinha como seu senhor. Observou que ele mal chegara e já estava cumprindo sua função de verificar as contas de erguimento das igrejas, os livros-razão e o imposto devido. Os olhos do frei Alexandre brilhavam e se dilatavam. Sabia que era muito o que extraíam daquelas minas, mas não imaginou tanto. Uma rápida olhada nas quantias do dízimo fez com que entendesse de forma mais contundente por que estavam todos enlouquecidos para chegar às Minas Gerais.

Felipe também começava a compreender, pois Balta se apressou em mostrar seus estoques de sal, charque, farinha e outros bens sem os quais não se podia viver naquela região de solos inférteis em sua maioria, e onde conservar a comida era questão de vida ou morte. Assim sendo, tudo era guardado em um depósito por homens armados, pois um quilo de sal valia quase o mesmo em ouro.

O irmão mais velho também lhe ensinou que um escravizado comum podia valer 300 gramas de ouro, mas um mestre, aquele que sabia os segredos de como escavar sem desmoronamentos, que sabia identificar e perseguir o veio certo, que sabia as técnicas para aparar as rochas e outras artimanhas e caprichos das profundezas da Terra, este valia muitíssimo, e tão ou mais valioso que ele podia ser uma mestiça.

– Uma mulata dessas lindas, como aquela ali, pode valer até cinco quilos em ouro. Não é um acepipe para qualquer paladar. Cuida! – dizia Balthazar entre piscadelas e gargalhadas."Quantos anos terá? 11, 12...?", reflexionava Felipe com uma ponta de amargor, mirando a mocinha que tirava a mesa do café e imaginando-a na cama do homenzarrão que era o irmão.

Balta levou a sério a história de instruir o caçula, e resolveu levá-lo para todos os lugares e atividades que considerava essenciais para o seu aprendizado.

– Hoje conhecerás as raparigas mais lindas de todas as Gerais!

E saiu arrastando Felipe pelas ladeiras pedregosas da cidade até chegar à casa de Marinete Ouro Branco. Balta Gama era um figurão conhecido e temido. Felipe, exercendo todos os seus dotes artísticos, fingia estar adorando o programa e, mal chegou ao quarto da moça separada exclusivamente para ele, tratou de comprar a sua cumplicidade. Desta forma, sempre que ia à casa de Marinete, saía do quarto descabelado, em mangas de camisa e com ares de quem tinha se fartado toda a noite sem nem ao menos ter tocado na garota. No final até se divertia de verdade, pois já estavam íntimos e Felipe tinha sempre muitos casos para contar.

No mínimo duas vezes na semana ele cumpria este ritual na casa de Marinete Ouro Branco. Marinete o aturava com um sorriso, pois o dinheiro que deixava em seu caixa praticamente era o que sustentava o local. Nessas ocasiões, Balthazar sempre bebia além da conta, brigava, criava caso e voltava para casa escorado ao irmão caçula, aos berros de "Eu sou o rei de Vila Rica! Todas as mulheres são minhas! Eu sou poderoso e todos devem tributos a mim, só a mim! Que morram estes reis de Portugal!". Vomitava, queria bater em Zulmira e levar a menina mestiça para a cama, quebrava objetos. Abaixava as calças e tirava seu membro para mostrar como era viril... Dava trabalho. Quando enfim diminuía o espetáculo semanal, Felipe sentava com as mãos escorando o queixo e olhava o irmão com um misto de exasperação, enfado e pena.

– Balta... Não cansas nunca?

– Me canso de quê, fedelho? – perguntava com a voz embolada pela aguardente.

– De seres quem tu és. Deve cansar demasiado...

Balta não entendia nada dos deboches refinados de Felipe, mas gostava do "molecote", como costumava chamá-lo.

Outro dia acordaram com um vozerio e grande barulho de tambores e músicas na rua. Balthazar lhe explicou que era a coroação dos reis da Congada. Felipe lhe disse que no Rio de Janeiro também aconteciam celebrações semelhantes.

– Imagine... estes pretos vestidos de nobres, pensando que estão em sua selva e coroados reis. – E soltava sua enorme gargalhada debochada de trovão. – Mas deixe que ao menos neste dia pensem que são alguma coisa. Isto arrefece os ânimos revoltosos.

***

Felipe lembrou-se, mais uma vez, de Vitória. Ela não lhe saía da cabeça e, ao ver tanta cor, tanta alegria e tanto ritmo, não podia deixar de voar suas recordações para suas aventuras ao lado dela. Savalu também admirava o cortejo da Congada e percebeu que passara um ano que já estavam acomodados em Vila Rica. Lembrou-se de Quitéria e dos velhos que sempre participavam da festa com devoção e ânimo. Um refresco em meio a tantos amargores em suas vidas.

Ao longo desses 12 meses, ele tivera a chance de ver de perto o que Gabriel Boi lhe contara ao acompanhar os irmãos Gama e frei Alexandre ao trabalho em uma mina. Vira com seus próprios olhos e sentiu-se ainda mais impactado. Viu os cegos pilando as pedras. Acompanhou com pesar crianças franzinas que saíam carregando pesados fardos semelhantes a mochilas abarrotadas delas para abastecer os pilões. Sempre segurando um guarda-sol para proteger frei Alexandre, vira como os pequenos sôfregos, ansiosos, engoliam a aguardente que lhes davam após duas ou três viagens às profundezas. Encontrara também alguns mendigos pelos caminhos e ruas escarrando sangue, com pulmões duros como rocha, sofrendo para conseguir pôr um sopro de ar em seus corpos, sem ter como garantir o sustento e vivendo da caridade alheia.

Na casa paroquial, o vigário que hospedava frei Alexandre examinou Zé da cabeça até o pé com preocupação. Viu que era bem jovem, forte e que já angariara a simpatia de muita gente na cidade. Após a refeição, aconselhou o frei a tomar uma medida que, no seu entender, o pouparia de preocupações.

– Se assim procederes, ele perderá o ânimo em fugir, não fornicará e não reproduzirá com as negrinhas, não brigará e poderá servi-lo na igreja sem que os maridos e pais das damas e senhorinhas se preocupem.

Alexandre ponderou que o vigário tinha razão. Providenciaria a castração de Savalu tão logo o capataz chegasse da missão de que fora incumbido em um povoado próximo. Fariam ali mesmo, na parte de trás da sacristia. No dia seguinte muito cedo, Felipe apeou da montaria em frente à igreja e solicitou Savalu para a caçada, como faziam a cada quinzena. Alexandre consentiu, mas não sem antes adverti-lo, como também fazia a cada 15 dias, de que toda a responsabilidade era de Felipe pela integridade e retorno de sua propriedade à casa paroquial.

Felipe tranquilizou Saldanha Sardinha, escancarando seu belo sorriso e dizendo-lhe que, ao final do dia, não só retornaria com Zé inteiro, como com um delicioso banquete que poderia salgar e dele se fartar por bom tempo. Saiu o branco a cavalgar com o negro na garupa. Assim que se afastaram um pouco da cidade, apearam e puseram-se a falar. Felipe sugeriu que se desincumbissem logo de caçar alguma coisa para terem o que levar de volta. Depois tratariam de estudar os caminhos o máximo que pudessem, como vinham fazendo desde que chegaram, pois só teriam outra chance de estar juntos na mata em 15 dias. Assim o fizeram.

– Guardaste em lugar seguro tua parte do mapa? – indagou Felipe preocupado.

– Essa pergunta só faz quem nunca precisô comprá a própria liberdade – retrucou Zé Savalu com rispidez.

Felipe caçou, correu, andou, atirou e percorreu trilhas o dia inteiro com a frase dele na cabeça. Cansados, entraram embaixo de uma queda d'água belíssima e descansaram ao sol para que as roupas secassem. Deitado na pedra e mirando o céu tremendamente azul, coalhado de pássaros, Felipe pensava até que ponto era realmente livre.

A noite ia caindo quando voltaram à cidade. Alexandre ficou satisfeito com o que trouxeram e também com a pontualidade da dupla. Após entregar o produto do dia ao cozinheiro, quando se dirigia para o fundo da igreja, Savalu viu em uma mesa instrumentos semelhantes a alicates e, de costas manuseando-os, uma figura com capa e chapéu. Quando o homem virou-se, reconheceram-se de imediato: Gabriel Boi! Savalu percebeu que rapidamente ele substituiu o sorriso feliz por vê-lo por um ar preocupado. Gabriel precisou sentar-se. Havia uma importante decisão a tomar.

– Não! Gabriel, por Nossa Senhora! – Savalu olhava com pavor e desespero para os alicates que Gabriel examinava para ver qual estaria menos enferrujado. Quando a hora chegasse, ele seria sedado com muita aguardente e seus testículos seriam esmagados, com aquelas prensas chamadas de "castradores". Teria cinco dias para se recuperar e, depois disto, vida que segue trabalhando.

– Fale baixo! Eu te disse rapaz, eu te avisei... – abaixou a cabeça e suspirou. Pensou nele próprio. Pensou no que era e em como fora obrigado a fazer de outros iguais a anomalia que ele julgava ser. Não vou contar em detalhes suas lembranças do dia fatídico quando, além de perder a virilidade, foi forçado a assistir ao estupro de um dos negros na frente de sua mulher e filhos. Basta dizer que, ao acessar estas memórias, teve força suficiente para ao menos tentar salvar Zé.

– Bem, foi Zé Savalu quem salvou minha vida. Então serei eu quem vai salvar Zé Savalu do suplício. Só existe uma saída.

Tudo se precipitara. Não haveria tempo de estudar mais os caminhos, de planejar a fuga. Combinaram que Gabriel ganharia tempo dizendo que precisava consertar os instrumentos ou arrumar outros. Isso lhe daria um dia e meio para agir. Savalu rolava pelo chão. Não dormiu de tanto pânico, ansiedade, medo e revolta, pois ele ainda teria uma chance de escapar, mas Gabriel Boi e tantos outros jamais tiveram... Jamais!

Mal raiou o sol, Savalu, aproveitando que estava em boa conta com o frei e após rezarem o Angelus das seis da manhã, disse que poderia ir à casa de Balthazar com a incumbência de buscar os dois quilos de sal que já estavam pagos. Foi escoltado, pois, como já sabemos, sal era moeda tão preciosa quanto ouro. Assim que chegou ao depósito, avistou Felipe e chamou-o com um aceno de cabeça. Felipe disse ao irmão que ele se encarregaria de atender ao emissário do frei: afinal, não estava ali para aprender? Balta Gama assentiu, mas manteve-se vigilante à distância.

– Sinhozim... Tudo se acabô. Vou partir no escuro desta noite – disse em voz baixa e, fingindo estar falando sobre a encomenda, ele contou o que estava para acontecer.

– Pois então vá sem demora. Eu queria poder ir junto, esta era a oportunidade de finalmente sumir no mundo... mas, sem o planejamento que pensávamos, vou acabar por diminuir suas chances e as minhas também.

– Venha, sinhozim! Vamo ganhá mundo. Nós tem um tesouro. O sinhozim é branco, posso passá por seu escravo e, com ouro no bolso, vamo pagando mula, carroça, canoa... até chegá de onde viemo. Vamo, sinhozim!

Felipe abaixou a cabeça para pensar por um minuto. Pediu que esperasse um instante. Voltou, respirou fundo e olhando-o fixamente apenas lhe disse:

– Parta assim que a noite descer pesada e todos estiverem dormindo. Vá!

Felipe então pôs a mão no cós da calça e lhe entregou um pedaço de couro embrulhando um papel. Era a outra metade do mapa. Juntas as duas partes valiam o peso da vida de Zé Savalu e a de outros, em ouro.

NA HORA DIFÍCIL OLHE PARA A FRENTE

Ia subindo a rua para a igreja, pensando que ele e quase a totalidade dos pretos que via subindo e descendo a ladeira, naquele instante, valiam o mesmo que as sacas que ali estavam carregando acomodadas em mulas. Lembrava os sermões do padre Diogo, irmão de Dona Branca, quando falava que Cristo angustiado suou sangue, prevendo a morte na cruz. Era exatamente assim que se sentia naquele momento que antecedia uma grande ação definitiva em sua vida.

Repassava sem parar o cronograma que havia pensado. Não poderia vacilar nem por uma fração de segundo. Segundo Gabriel lhe informara, marcaram a castração para a manhã do dia seguinte. Como nas minas de Minas, o dia na paróquia começava sempre às 5h, 6h já estavam todos na oração e depois na lida, às 8h30 uma parada para a primeira refeição, às 9h mais trabalho, outra pausa às 13h para mais uma refeição, trabalho até às 17h e então, todos recolhidos às senzalas no máximo até 18h30.

Desta forma, depois da compra do sal, voltaria normalmente para a segunda refeição. Depois atenderia às necessidades de frei Alexandre e se ocuparia das tarefas que lhe davam de leva e traz, sobe e desce, abre e fecha, carrega e descarrega... até a hora da Ave Maria, quando oravam e todos se recolhiam. Teria das 19h até às 6h do dia seguinte para darem falta dele e começarem a buscá-lo. O primeiro passo era sair das terras da igreja e alcançar a mata sem ser visto. Como fazer?

Não queria dar mais trabalho a Gabriel e muito menos deixar que suspeitassem dele, mas ele precisaria ajudar com o vigia. Estava aflito, mas lembrou-se de que, a exemplo do Rio de Janeiro, era deles a tarefa de esvaziar os tonéis com excrementos e sujeiras nos arredores, e em horários em que não cruzassem com os cidadãos da Vila. Duas vezes na semana, ele entregava os tonéis na porta dos fundos, sempre observado pelo vigia, e voltava para seu lugar. Savalu era um bom rapaz aos olhos de todos. Cumpria suas tarefas e nunca dava trabalho; ao contrário, aliviava o trabalho de todos. Tivera, na avaliação inclusive de frei Alexandre, a chance de fugir em diversas ocasiões e não o fizera. Vigiavam-no, mas não de forma cerrada.

Ao final da oração das 18h, Gabriel chegou com um bom feijão com toucinho misturado com farinha e uma aguardente que repartiu com o vigia. Zé Savalu passava normalmente de um lado a outro, levando os barris que seriam entregues, enquanto os dois proseavam animadamente. Quando Zé entregou o último barril, deixou o portão apenas encostado com a corrente e o cadeado apenas aparentemente fechado. Despediu-se dos dois e foi deitar-se. O vigia, dizendo que voltaria, levantou-se para fazer a última ronda na propriedade e ver se estava tudo certo. Savalu dormia no chão da cozinha, dentro da casa, por ordem do chefe, para que estivesse sempre perto caso precisasse de algo. Outros pretos e pretas dormiam em um pequeno aposento que fazia as vezes de senzala. O vigia notou o cadeado e o portão abertos.

– Preto distraído... – Resmungou, trancando-o.

***

O vigia dormia pesado e roncando alto, pelo sono natural aditivado pela aguardente e a comida em excesso. Quando o silêncio era absoluto, Savalu, pé ante pé, saiu da cozinha para o quintal. Já ia correr em direção ao portão que deixara aberto quando sentiu um rosnar atrás de si. Era Aquino, o cão vigia. Acarinhou-o e lhe deu um pedaço de toucinho, pois, já com ideias de fugas, tratou de fazer amizade com o bicho assim que pisara ali pela primeira vez, para que não o denunciasse quando chegasse o momento. Deixou Aquino feliz roendo a carne e, quando chegou ao portão, apavorou-se com o cadeado trancado. Precisava pensar muito rapidamente numa saída.

Correu para uma árvore. O galho mais próximo do muro que separava a propriedade da rua poderia valer-lhe uma perna quebrada e a perdição. Pensou no seu pânico com lugares altos, mas não havia outro jeito. Escalou a árvore e lá de cima, mais uma vez, vieram as palavras de Vitória: "Quando tudo estiver difícil, olhe para a frente". Benzendo-se, atirou-se para o outro lado.

Aterrissou com um solavanco e apalpou-se todo para ver se estava com tudo no lugar. O coração batendo acelerado como o da caça que tão bem sabia perseguir. Correu o mais que pôde, saindo da estrada noite adentro. Vestia uma calça e uma camisa surradas de pano da serra, tinha os pés descalços e uma trouxa atravessada no corpo. Nela a pequena cruz presenteada pelo velho Tomásio no dia de sua partida, um pequeno punhal dado por Gabriel, um pano velho, uma cuia e, embrulhadas num pedaço de couro, duas partes de um papel, um mapa mais pesado que ele mesmo.

NO TEMPO DAS FUGAS

Savalu ganhou mais que as horas que imaginava de dianteira. Estava com sorte, pois Frei Alexandre, dizendo-se adoentado, informou que iria orar o Angelus em seus aposentos e que não o perturbassem. Embora estranhassem não ter chamado Zé Savalu estando doente, atenderam seu desejo. Na verdade, a doença de Saldanha Sardinha chamava-se Luzia de Jesus Mendonça, a esposa de um alferes que estava em viagem escoltando ouro para o Rio de Janeiro. Ela um dia achou de confessar-se e não escapou de Frei Sardinha.

Como Savalu sempre fora muito obediente, o cozinheiro pensou que estava fora encarregado de buscar alguma nova mercadoria; o vigia pensava que estava arrumando a bandeja de refeições do frei; o vigário imaginou que estivesse em alguma parte atrás da propriedade, já acorrentado para esperar a castração... Cada um imaginou que estivesse noutro ponto e deram-se conta do sumiço do rapaz apenas por volta das 8h, quando Gabriel Boi chegou com o material completo para a castração e ele não foi encontrado em canto algum.

Foi um alvoroço. Intimamente, Gabriel agradecia aos céus, aliviado, pois temia que Zé não conseguisse fugir, o que o obrigaria a submeter a tamanha dor alguém que se arriscara para salvar sua vida, além de inutilizá-lo para sempre sexualmente. Ficou quieto aguardando instruções como se nada soubesse a respeito. Frei Alexandre, que aproveitara a agitação geral para dar fuga a Luzia, perfilou a todos e interrogou sobre a última vez que o viram. Gabriel tinha o álibi do vigia e este, o de Gabriel e de outros pela propriedade que viram Zé Savalu no rotineiro serviço de levar tonéis para fora. O vigia ainda informara que trancafiou os portões pessoalmente após a saída do último barril.

Frei Alexandre mandou então acionar um famoso capitão do mato. Estava colérico e prometia açoitar Savalu pessoalmente quando fosse encontrado; afinal, pagara uma pequena fortuna por ele. Pensando nisto, mandou chamar também Felipe, que chegou acompanhado de Balthazar, mas o religioso disse que queria conversar com ele a sós.

– Senhor Frei Alexandre Saldanha Sardinha, a última vez que o vi foi quando esteve em nosso armazém, ontem, para buscar o sal. Como posso eu saber o que foi feito dele?

– Não me tome por idiota, senhor Felipe Gama! Agora sei que algo os dois estavam ou estão tramando juntos.

Uma acalorada discussão iniciou-se e Felipe foi obrigado pela primeira vez a enfrentar uma autoridade. Era isto ou admitir parceria em um crime que podia antecipar sua desdita e a de sua família. Jogou com o fato de que Alexandre não possuía provas e que o estava acusando por suposições.

– Todos os destas famílias Gama e Muniz são muito estranhos, muito estranhos... Saiba que não confio em nenhum de vocês, e vou provar quem verdadeiramente são muito em breve. Aguarde-me, senhor Felipe. Passe muito bem – e apontou a porta.

Pela primeira vez Felipe sentiu-se forte, calmo e chegou até a sorrir.

– Não somos "estranhos", reverendo. Somos muito úteis ao reino, aos da colônia e até mesmo, veja só!, à Igreja! Afinal, transportamos tudo... – Felipe fez um gesto amplo apontando toda a riqueza do Barroco entalhado a ouro que os cercava.

– Transportamos, vendemos, compramos... Somos verdadeiramente úteis, caríssimo frei.

Havia muita animosidade no ar. Alexandre Saldanha Sardinha não gostava de Felipe e a recíproca era verdadeira. Tomado por uma coragem que não sabia de onde vinha, mas que era muito bem-vinda, o rapaz falou sem dizer e apontou sem levantar o dedo.

– Hoje mesmo estamos muito felizes em nossa família, pois carta de meu pai chegada ontem fala que minha jovem e bonita mãe está muito bem e que terei uma surpresa quando retornar. Não achas, Frei Alexandre, que minha mãe é uma mulher maravilhosa? Vês? Somos uma família comum, feliz e abençoada por Deus.

Virando as costas e saindo do ambiente, emendou:

– Não tenho nada que ver com o desaparecimento de vosso escravo, mas caso chegue a mim alguma notícia de Zé Savalu... Não conte comigo para denunciá-lo.

Felipe saiu deixando o frei furioso e intrigado. Por que citara Manuella? Então... saberia Felipe dos encontros que ele, uma autoridade da Igreja vinda de Portugal, tivera com sua própria mãe? Seria por isso que ganhara tantos ares de coragem? Quem agora perseguia e quem era o perseguido?

NA PEDRA DO SANTO

Savalu caiu da árvore na terra, apalpou-se para ver se continuava inteiro, olhou assustado para o contorno do imenso maciço rochoso que se impunha na paisagem e correu o mais que pôde. Já estava a quase um dia de caminhada de distância, mas capitães do mato possuem montaria e o alcançariam rápido se não fosse esperto e se adiantasse. Com pavor, optou pelas subidas e caminhos mais difíceis para os cavalos, mas só de olhar para baixo lhe invadia um torpor. E, se as vias eram árduas para equinos, imaginem para ele. Precisava descansar e comer alguma coisa. Lembrou que aquelas montanhas davam ouro e diamantes preciosos, mas pedras não são comestíveis.

Depois de subir alto, avistou uma banheira que se formava entre as rochas e mergulhou nela com prazer. O sol já ia alto e foi como um presente dos céus este banho. Precisava usar todo o seu conhecimento acumulado ao longo daquele ano. Saiu da água, descansou um pouco secando as roupas e fez então uma armadilha para pegar algum animal. Ficou observando entre as folhagens de uma árvore, se ocultando para o caso de alguém se aproximar. Depois de algum tempo, ouviu um barulho e viu algo mexer-se no fundo da armadilha. Era um gambá.

Fez fogo com pedras e assou a carne do animal que limpara com o presente de Gabriel, a quem já chamava de "São Gabriel".

Acocorado na terra, olhou o mapa com mais cuidado. Pelos marcos que pôde identificar e pelo tempo que caminharam desde o momento em que encontraram Tonho soterrado até a chegada em Vila Rica, não estava longe. Lembrava que caminharam mais um dia e meio até avistarem a cidade. Ele tomou o cuidado de não pegar a estrada, mas também de não perdê-la totalmente de vista. Foram meses estudando a região. Sabia onde estava e para isto foram fundamentais os dias que passou caçando com Felipe. "Pronto, estou cercado de santos: São Gabriel, São Felipe...". Sorriu.

Achou que o gambá estava no ponto. Comeu boa parte, guardou um pedaço na trouxa e, com a cuia de sua diminuta bagagem, pegou água do riacho e saciou-se. Agora mais descansado e alimentado, seguiu viagem. Antes, apagou o mais que pôde os sinais de sua caçada e do fogo que fizera. A mata adensou e o dia já findava outra vez. Ele começou a buscar um lugar para abrigar-se das temidas onças. O frio era intenso. Achou um vão entre rochas e levou muito tempo para conseguir fazer fogo para aquecê-lo e afugentar bichos.

Apesar de todas as dificuldades, estava animado, pois podia sentir que estava próximo do lugar apontado pelo mapa, mas... uma coisa lhe ocorreu: não podia prosseguir carregando aquele papel. Não poderia estar com tão preciosa indicação caso fosse pego por capitães do mato ou salteadores. Havia apenas uma coisa a fazer. Olhou o desenho, seus marcos e indicações por muito tempo até escurecer. Fechou os olhos e procurou vê-lo com a visão da mente seguidas vezes. Desenhou-o na terra com um graveto sem olhar, apenas com a memória, até que estivesse idêntico ao do papel. Quando caiu a noite, a visão da mente era idêntica à dos olhos. Então, respirando fundo, rasgou o precioso desenho dado pelo autor à beira da morte e jogou seus pedaços no rio. Agora ele era o mapa. Foi a última coisa que fez antes de sentir uma dor atrás da cabeça. Pôs a mão e viu sangue, em seguida começou a enxergar as coisas duplamente. Viu sombras de algumas pessoas e caiu desmaiado.

***

Quando Savalu abriu os olhos, deparou-se com outros olhares atentos sobre ele. Perdera a noção do tempo. Estava numa choupana e sentou-se assustado. Teria sido pego pelos capitães do mato enviados por Frei Alexandre? Apalpou entre as pernas com alívio. Seus testículos ainda estavam inteiros.
– Finalmente acordou.
Era a voz de uma mulher. Estavam lá mais dois homens, e os três cercaram a esteira onde estava. Levantou-se.
– Desculpa o mau jeito, mas nós precisava sabê se tu era capitão do mato, farejadô. Vimo que tá sozim, num tem garrucha, nem comida... é mais um fugido, tô certa?
Zé Savalu se apresentou, explicou que fugira e que estava no caminho de volta ao Rio de Janeiro. Tinha apenas uma vaga noção do ponto em que estava. Contou sua história, mas, certamente, ocultando a parte sobre o mapa. Aliás, sentiu alívio em ter rasgado no momento exato. A mulher portava flechas, arco, uma lança e disse que se chamava Mariana. Estava frio. Os três vestiam umas peles costuradas de bichos por cima de roupas comuns, além de um pano na cabeça que não deixava ver direito seus rostos. Assustou-se, pois os homens portavam armas.
Os aquilombados eram o terror das Vilas por aqueles tempos. Invadiam roças e fazendas, assaltavam nas estradas e prejudicavam a chegada de alimentos na região. Eram muitos, entocados pelas montanhas e matas. Ele ouvira conversas

sobre os habitantes dos quilombos. Todas mal escondendo o pânico e exigindo providências. Os pretos fugiam e, não raro, levavam armas de seus senhores. O que tornava a ameaça mortal. Intimamente também temia, tantos eram os relatos de atrocidades, mas no fundo gostaria era de ser um deles. Ela tomou a palavra.

– Oiça... Uma vez no quilombo, pra sempre nele. Não podemo corrê o risco que tu ou que quarqué otro saia daqui e abra a boca se for pego.

– Como vou falá de um lugá que não sei onde fica? Num vim pará aqui porque quis. Foi vosmicês que me truxeram e eu num tava acordado!

Os três se olharam e conversaram entre eles em uma língua que Zé não identificou.

– Mas tu bem pode dizê o que viu aqui e dizê como é quem tá aqui...

– Eu num vi nada e nem ninguém direito... ainda.

– Vê bem, Savalu, tu sabe lá o que tá fazeno? Acha mermo que vai longe assim?

Mariana olhou-o. Seu estado não era bom.

– Se vô longe num sei, mas preciso ir. O que num posso é ficá onde tava, dona Mariana... num posso!

Ele abaixou a cabeça entre as pernas magras. Ela recordou-se dela mesma, de sua urgência e desespero em escapar. Então depois de lhe darem um pouco de comida, os três decidiram vendá-lo e sair com ele.

– Pronto. Tá de vorta no lugá em que tava. Não! Num tira a venda agora. Tem uma garrucha bem apontada pra tua cabeça. Vamo lhe atirá uma pedra e aí sim, tu pode tirá o pano. Despois... olha bem direito entre essas pedra. Tem uma subida. Vai até o topo e depois desce. Quando chegá embaixo, tu vai encontrá otras pedra parecida cum essa. Olha bem no meio e segue. Boa sorte por esses caminho, Zé Savalu.

Ouviram latidos. Todos correram. O trio desapareceu feito mágica até que ele sentiu alguma coisa lhe atingir o braço. Tirou a venda, virou-se e foi examinar o vão entre as duas pedras que o abrigaram. Sim, havia uma subida na lateral. "Mas será possível que toda hora tenho que enfrentar tanta altura nessa fuga?!", pensou. E sem olhar para trás, apenas para a frente como aconselhou Vitória, começou sua escalada, pois o som de cachorros indicava que estavam à sua caça.

Ele subiu muito. Estava exausto. Por vezes pensou em se atirar do alto e desistir de tudo. Espinhos, galhos secos, sede, pedras pontudas, fome, espaços estreitos para caminhar onde era impossível parar, pois só cabiam um pé depois do outro. Finalmente chegou ao cume e aí iniciou a descida igualmente árdua e perigosa. Quando finalmente atingiu a base, imediatamente viu as pedras de que Mariana havia falado e começou a examiná-las. Havia uma abertura muito estreita, camuflada entre plantas que caíam da rocha. Era um túnel!

Com muito medo, foi tateando as paredes no breu. Como poderia haver semelhante construção no meio do nada? E para quê? Um túnel que começou estreito e foi se alargando à medida que avançava. Parecia bem longo, pois não via nenhuma luz no fim. Seus olhos se acostumaram um pouco com a escuridão e já estava havia algum tempo caminhando por ele quando ouviu vozes. Correu aflito para trás de uma rocha alta na lateral. Depois de esperar um tempo, viu passar uma caravana de cerca de 30 pessoas. Só então entendeu onde estava.

– Pois então é isso... Não querem pagar! – Savalu ouvira Frei Alexandre comentar com o vigário sobre o terror dos brasileiros: o imposto quinto. Portugal ficava com 20% de todo o ouro da colônia e a igreja, com o dízimo. Toda maneira de burlar estes pagamentos que consideravam extorsivos era bem-vinda.

O túnel em que estava era uma das muitas passagens escondidas na mata para contrabando, pois o ouro que passava pela Estrada Real deveria ter o quinto recolhido e era constantemente patrulhada. No escuro da caverna úmida, viu o momento em que muitos pretos passaram carregando cargas, sendo tocados por brancos com candeeiros e armas nas mãos para iluminar o caminho. Escondeu-se ainda mais no fundo quando reconheceu um rosto. "Mas esse não é o..." Sim, era Balthazar, o irmão de Felipe, e logo atrás vinha ele, o próprio Felipe.

***

Balta Gama comandava a operação com sua voz de trovão ecoando na caverna. Savalu encolheu-se o mais que pôde. Tinha verdadeiro pânico do jeito de animal feroz do irmão de Felipe. Viu quando ele sacou sua garrucha e encostou-a na testa de um dos caravaneiros, ameaçando-o.

– Experimente deixar alguma dessas trouxas para trás e estouro seus miolos para as onças da mata terem o seu banquete. Ande! Deixe de preguiça!

Metade do grupo já não era mais visível quando Savalu, esgueirando-se pelos cantos, resolveu segui-los. Pensou rápido que, seguindo seus passos a uma distância segura, chegaria de volta ao Rio de Janeiro sem o risco de ser achado, pois eles também estavam fugindo. Na verdade, eles eram fugitivos profissionais. Algumas dúvidas o assaltavam, mas não tinha tempo para pensar nelas. No momento precisava pôr sua atenção em três coisas: a busca pelo tesouro e o caminho menos arriscado possível para voltar a Quitéria, ao filho que a esta altura já era nascido e a uma vida em liberdade.

Respirou fundo, reuniu todas as forças para superar o pavor que sentia de Balta Gama e, quando não ouviu mais os passos ou o barulho de vozes, apressou-se em sair da sombra e seguir em frente. Embora precisasse manter uma distância regulamentar, não poderia perdê-los de vista totalmente. Finalmente, viu a claridade que indicava o fim do túnel. Apressou o passo até que saiu da caverna que, assim como na entrada, tinha uma abertura estreita e quase imperceptível na saída. Viu ao longe a fila de homens que caminhava pela mata e foi cuidadosamente atrás.

Já estava havia meia hora nesta tarefa de seguir o grupo, quando passou por uma árvore que julgou conhecida. Acessou a imagem do mapa que tinha decorado na cabeça. Olhou em volta e viu que estava perto do lugar onde foram caçar e encontraram o negro Tonho agonizando no buraco. Imediatamente fechou os olhos para ver com a mente o mapa que ele fizera, mas o que veio ao seu pensamento foi Vitória e suas misteriosas palavras: "Quando chegar a hora, agarra-te com a pedra e o santo", mas... que santo seria esse? "Aquele santo!" – pensou.

Sua mente gritou e tudo se misturou. As palavras de Vitória, o mapa gravado na imagem dos olhos, o encontro com Tonho. Sim, lá estava um Santo Antônio com cerca de um palmo de altura, enegrecido pelo tempo e a umidade no alto de algumas pedras ordenadas como um altar improvisado, colado com argila. O contrabandista desavisado tomaria aquilo como um pequeno oratório que algum viajante devoto resolveu construir em honra ao padroeiro ou para pagar alguma promessa, mas ele sabia que Santo Antônio, o santo que achava coisas perdidas, inclusive gente escravizada, apareceu para lhe dizer que estava prestes a encontrar o que desejava. Podia até imaginar Tonho e seus companheiros, suprimindo um tempo por dia do horário de refeições para erguer aquele altar. Esconderam um tesouro na cara dos capatazes. Que engenhosa forma de enganar os senhores!

"A pedra e o santo, a pedra e o santo, agarra-te com a pedra e o santo...". Sua mente girava num turbilhão. Ele correu para o altar e arrancou Santo Antônio de seu descanso no meio do nada. Examinou a imagem. Era muito leve. Sacudiu-a. "Santo do pau oco!" Zé Savalu respirou fundo. O coração batia acelerado quando com todo o cuidado retirou o pequeno tampão nas costas do santo... "Outro mapa?!"

Ele olhou o desenho que estava enrolado num pedaço de couro semelhante ao que Felipe lhe dera. Pôs de cabeça para baixo, de lado, de cabeça para cima... o que significariam aqueles círculos? Uns estavam assinalados e outros não. Zé coçou a cabeça. Passou-se muito tempo. Desistiu desesperançado e deu os primeiros passos em direção ao caminho por onde passou a caravana para não perdê-los totalmente de vista, quando sua mente iluminou-se. Ele entendeu a anotação!

Voltou correndo e, de frente para o altar com este segundo mapa nas mãos, contou as pedras que o formavam. O desenho era uma reprodução do altar. Com a pequena faca que Gabriel lhe dera, raspou a argila entre elas e foi retirando cuidadosamente, de cima até a base, as pedras que correspondiam aos círculos assinalados. Quando estavam todas no chão examinou-as. Pensou: "Por nossa sinhora, Tonho! Que coisa foi essa que tu inventô, homi?!"

Estava com frio, fome, cansado e impaciente. Furioso porque não conseguia atinar com a solução daquele mistério, arremessou uma das pedras na árvore. Qual não foi sua surpresa quando viu a pedra abrir-se. Eram pedras ocas coladas com argila. Estavam emborcadas na base do altar para Santo Antônio.

Um trabalho artesanal e paciente dos homens que escavavam aquela mina. Nos momentos de distração dos capatazes, iam esculpindo pedras com aquele instrumento chamado picão até que tivessem um buraco suficiente para esconder os tesouros que iam colecionando também com paciência. Aquelas já deviam estar ali havia algum tempo. O brilho o ofuscou. Eram pepitas soltas, ocultas em cachimbos, em chumaços de cabelos, ouro, ouro em pó e alguns raros diamantes. Olhou para trás e tinha mais dez pedras iguais àquelas. Estava rico. Estava muito rico.

"Nego, lembra de u'a coisa: traição é um vício de sinhô e de sinhá. Num confia. Cuidado. Num confia! Dou-te dois conselho: quando tudo estiver difícil, olha pra frente. E quando chegá a hora, agarra-te com a pedra e c'o santo. Tu vais sabê quando a hora vié. Agarra-te c'o santo e a pedra!"

Vitória...

***

Quem chegasse naquele momento ficaria tocado com a cena. No meio do mato cerrado, Zé Savalu estava ajoelhado diante de uma imagem gasta de Santo Antônio chorando compulsivamente. Um fugitivo maltrapilho, esfomeado, sedento, com os pés gretados, cheios de sangue pisado entre as unhas, com os cabelos crescidos e emaranhados, as unhas das mãos rachadas e imundas; a pele já mostrando a quina de alguns ossos.

Tudo lhe doía. Parecia que podia identificar cada órgão, pois todos reclamavam. O estômago apertava, os pulmões exigiam aquecimento, os olhos pediam sono, os pés queriam curativos, as mãos clamavam por água. Caiu deitado em meio ao tapete de folhas mortas, terra e limo. Os raios de sol que furavam aqui e ali as copas densas das árvores davam à cena um ar de sonho.

Deixou-se ficar um pouco. Pensou em Quitéria e na criança. Seria filho ou filha? Teria ela tido uma boa hora de parto? Estariam juntos ou as sinhás haviam separado mãe e filho para venda? Estariam vivos? E Tomásio? Teria ele tempo de doar-lhe os recursos que desejava para iniciar a irmandade que tanto sonhava antes que morresse? Olhou detidamente para cada uma das pedras e viu pequenas marcas. "Como foram inteligentes!", pensou. Cada uma das rochas possuía uma marca diferente que ele logo identificou como "marcas de nação", escarificações que muitos que chegavam da África traziam na pele. Foi a maneira que encontraram de identificar para saber a quem pertencia cada uma. "Este era de Quelimane... e este aqui, egbá... esse... deixe ver... esse era jebu, ah! Esse aqui era ijexá, e esse outro, veio de Ifé. Este irmão aqui... este...deixe ver...este era de Savé! Um Savalu..."

Voltou à sua tenra infância. Sim, rochas aquele lugar tinha muitas. Sabiam lidar com pedras como ninguém. Pena que saíra de lá antes de conseguir aprender totalmente as tantas coisas incríveis que ele sabia que os seus sabiam. Imaginou os capatazes observando imóveis os pretos construindo o altar, colocando flores, aumentando o santuário com mais e mais pedras, rezando para Santo Antônio... Riu tanto que sentiu a barriga doer.

Súbito pulou como pronto para uma batalha. Examinou para ver se não havia ficado alguma pedra assinalada no altar, juntou todas, tratou de unir outra vez a que se partira, aumentou a trouxa de pano que carregava com o pano velho que lhe servia de agasalho, pôs tudo dentro e voltou para o caminho. Avaliou o peso. Não era tanto assim, pois as pedras eram ocas e não eram muito grandes. Conseguiria carregar. Tinha que conseguir! Com sorte ainda poderia avistar a caravana, seguir seu rastro e chegar ao Rio de Janeiro antes do que imaginava. Esqueceu-se de uma coisa: o Santo Antônio! Voltou para buscá-lo. Falou no idioma fon com a imagem.

– O senhor já fez seu trabalho. Vamos comigo porque acabou de achar mais um negro fujão! – E saiu rindo com gosto.

Zé encontrou o grupo e, como planejado, seguiu-o de longe. Quando via que iam parar, parava também a uma distância que julgava segura. A noite já ia caindo e viu que estacionaram para repousar numa clareira. Ele então se encolheu a um canto, fazendo a trouxa de travesseiro. Voltou a sonhar com os seus. Pensava que poderiam viajar para outra província. Poderiam comprar uma terra, plantar, viver em paz em algum cantinho com água e boa terra... Foi só então que reparou que nunca tinha feito isso: pensar em um futuro. Estava sempre ocupado em conseguir mais um dia, umas horas de vida a mais na dependência de Sinhá Branca e depois de Frei Alexandre. Agora poderia pensar em ser dono de si. Com pensamentos inéditos de libertação, adormeceu e só acordou com a luz brincando em seu rosto. Não era o sol. Era a tocha de iluminação de vários homens.

***

– Levanta, preto!

Balthazar o sacudia e agarrava, levantando-o à força. Sua imagem contra a luz bruxuleante das tochas o tornava ainda mais assustador. Ele comprimia uma faca em seu peito interrogando-o.

— Quem te mandou nos seguir? Quem és tu? Fala ou arranco tua língua agora!– E esbofeteou sua face. Um filete de sangue escorreu do canto da boca.

Olhos vermelhos de ódio e ao mesmo tempo com medo de estar sendo monitorado, Balta Gama estava realmente disposto a matá-lo. Entretanto, precisava saber a serviço de quem ele estava.

— Por Nosso sinhô Jesuis Cristim...Num tô a sirviço de ninguém não sinhô! — Zé não podia acreditar que chegara até ali para morrer daquela forma.

Reviraram sua trouxa e viram as pedras. Riram debochadamente.

— Vais fazer sopa de pedra?! — Gargalhada geral.

Savalu explicou que era uma promessa, uma penitência a Santo Antônio por ter poupado sua vida até ali. E abaixou a cabeça esticando o braço com a imagem. Os homens olharam-se. Muitos eram devotos do santo e não queriam problemas com ele. Felipe chegou correndo. Puxou o irmão para o lado e lhe falou baixo.

— Balthazar, abaixe esta arma! Não o reconhece? É o escravo fugido do Frei Alexandre! Escute: ele é propriedade do frei. Se o matamos, podemos responder por isso. Se o deixamos vivo e o levamos conosco, caso o frei ou alguma patrulha questione, podemos dizer que o capturamos e o estávamos transportando. Temos um álibi e ainda podemos cair nas boas graças daquele homem. Pense, irmão!

Desta forma, Zé Savalu foi amarrado e oficialmente incorporado ao grupo. Discretamente beijou a imagem de Santo Antônio e fez uma curiosa oração.

— Pois bem, pois bem, seu santim... eu agora te perdoo um pouco, mas só um pouco por ser tão ruim de achar os preto que foge. E olha que nem te coloquei de cabeça pra baixo amarrado como faz os sinhô e as sinhá quando qué encontrá nóis! Segura Frei Alexandre lá, pois eu tô quase conseguindo. Tô quase! Num vai estragá tudo justo agora, num é mermo?

Como se tornara um trunfo caso fossem encontrados, deram-lhe um pano da serra velho para se enrolar. Pode não ter morrido espetado pela faca de Balthazar, mas se continuasse semidespido no frio da Mantiqueira, iria morrer com os males de peito muito em breve.

— Então parece que o escravo mineiro Tonho desejava mesmo que seguíssemos juntos... — disse Felipe assim que Balthazar e outros homens pegaram no sono, deixando para ele a função de vigiar. — Savalu, eu sabia que viríamos nesta viagem secreta muito em breve. Não poderia fugir com você. Isso colocaria Balta buscando-nos com fúria muito maior que o normal, pois eu sei dos planos mais secretos dele e de seu desvio com a Coroa. Não teríamos chances. E tu, achaste o que procuravas?

Zé avaliou por alguns minutos se deveria contar a ele ou não; afinal, ele possibilitara encontrar o tesouro cedendo a outra metade do mapa. "...traição é um vício de sinhô e de sinhá". As palavras de Vitória já lhe garantiram um tesouro que jamais sonhara, não era hora para duvidar se arriscando a revelar algo tão precioso. Preferiu não dizer nada por enquanto e disse que não apenas balançando a cabeça.

— Bem... ao menos agora tens mais chance de chegar ao Rio de Janeiro ou a outra paragem para buscar tua liberdade. Não irias muito longe no estado em que estás. E estas pedras? Por que isto agora, Zé?

— O sinhozim me deixe. Num tô atrapaiando ninguém carregando elas, tô?

Felipe disse que não também balançando a cabeça. Outro homem substituiu Felipe na guarda. Zé se encolheu com seu pano o mais que pôde. Felipe foi para junto do fogo para igualmente descansar. Teriam uma jornada ainda mais dura do que a que tiveram para chegar às Minas Gerais. Seriam dias de lutas, vida e morte... mais morte do que vida.

4. DOS JULGAMENTOS

Algumas pessoas de pouca fé ou inimigas da verdadeira fé, suponho, temendo suas esposas saiam impunes de seus pecados, removeram de seus manuscritos o ato de perdão do Senhor para com a adúltera como se Ele, que disse "não pequeis", lhe tenha dado permissão para pecar.
**(Santo Agostinho,
De Adulterinis Conjugiis 2:6–7. Século 12)**

NA CASA HEREGE

Quitéria estava tentando sobreviver sem Savalu. Pensava na criança dentro de sua barriga cada dia maior. Ele estava certo. Com sua ausência, Sianinha acalmou-se a ponto de quase se afeiçoar à criança que ela esperava. Voltaram a fiar e a bordar seu eterno enxoval e até algumas poucas roupinhas para o bebê. Entretanto, alguma coisa se movia dentro de Quitéria que não era o feto.

Ela observava Tomásio e sua crescente fé inabalável em Cristo, São Elesbão e Santa Efigênia. Notava intrigada como ele sofria por ter que servir em casa de Sinhá Branca, uma mulher que ele considerava herege acima de tudo. Quitéria ficava confusa, pois Tomásio dizia não suportar a senhora, mas lhe era fiel de uma forma perturbadora. Era ele o responsável pelos demais. Era ele o capataz da escravaria da casa. Tinha raiva do cativeiro, mas ela concluía que ele possuía um grilhão na alma.

Quando saía à rua todo vestido de gala, mas descalço, carregando a cadeirinha das sinhás, via-se que estava orgulhoso com sua função de "anda". Assim eram chamados os que como ele eram vestidos daquela forma para executar aquela tarefa. Os andas sofriam o deboche dos brancos e o desprezo dos pretos. Os andas se achavam um grupo à parte e de fato eram. A preta sabia que Tomásio também não aprovava suas crenças, mas para ele Quitéria era uma "patrícia", uma alma irmã que poderia ser salva caso ele soubesse influenciá-la. Sinhá Branca, ao contrário. Para ele, a senhora era a pessoa perdida que fazia com que outras se perdessem.

Talvez a religião sincera que carregava dentro de si o amenizasse. O fato é que ele era severo, mas os outros não lhe tinham ódio como acontecia com muitos capatazes. Branca vigiava e controlava as mulheres cativas de sua casa mais que aos homens. Tomásio era o mais experiente de todos, lhe obedecia quase cegamente e, por isso, ela dava a ele autoridade e até certa autonomia. Um erro fatal, na avaliação de Quitéria, se ela soubesse o tanto que ele a desprezava.

Ela julgava que aquela família cometera dois grandes erros: deixar que Diogo se consagrasse como sacerdote da Igreja e não se precaver contra Tomásio, que era um devoto cristão quase fanático. Ela percebia a forma como o irmão da sinhá rezava e cumpria suas obrigações. Diogo acreditava nos dogmas, preceitos e mandamentos da Santa Madre Igreja... Tomásio também.

Ele não cansava de contar-lhe com rancor e certo horror sobre o falecimento do senhor Henrique, marido da sinhá. Recordava quando mandaram jogar fora toda a água dos vasos e jarras e viu a senhora rasgar as vestes e cobrir a cabeça. O morto foi lavado, teve uma moeda de prata passada em sua boca. Tomásio conta que teve que cobrir espelhos, lavar a casa toda e manter o quarto do morto iluminado por uma semana. O lugar do morto à mesa era posto normalmente e também colocavam comida junto à sua cama.

– Onde já se viu uma coisa dessas?!– Dizia, benzendo-se três vezes. Ele achou tudo muito estranho e sabia que para a Igreja eram heresias.

Também não gostava das manias alimentares que davam mais trabalho e daquele hábito que começava às sextas-feiras e que varava o sábado de não fazerem nada. Ele dizia: "Nada fazem eles. Tudo fazemos nós. Eles fazem jejuns apenas um dia para se banquetearem todos os outros. Nós jejuamos quase todos os dias para nunca nos banquetearmos". Por prudência, Quitéria tinha suas práticas com o outro mundo distantes da casa por motivos evidentes e por respeito ao velho Tomásio, uma pessoa que apesar de tudo respeitava. Ela observava, curiosa, que Diogo e Tomásio eram exemplos reais de conversão.

Quando estava furiosa, a sinhá saía maldizendo Cristo, a Virgem e todos os santos. Espetava o quadro de Maria com alfinetes, colocava o crucifixo ao lado do urinol e arrancava o menino Jesus de Santo Antônio. Este santo, aliás, toda gente estava acostumada a "torturar", pois diziam que ele era capaz de encontrar qualquer coisa desde que o pusessem de castigo. Se o amarrassem, pusessem de cabeça para baixo ou retirassem o menino Jesus de seus braços, trazia amores, objetos e fujões.

Santo Antônio era o preferido dos capitães do mato, que lhe agradeciam enormemente quando voltavam com alguém acorrentado pelos punhos, tornozelos e pescoço. Branca, no entanto, não queria saber destas crendices, pois não professava esta fé. No entender de Tomásio, aquela era uma casa de hereges, e o que suavizava sua agonia era a presença do vigário Diogo, com quem frequentemente orava.

A barriga de Quitéria já estava grande e a lua que traria sua cria ao mundo já estava próxima, quando ela, aflita pelo destino do amado Zé Savalu, foi ter com a afamada adivinha Vitória. Sentou-se numa esteira no cubículo apertado. Ofereceu a Vitória uma moeda, que era tudo o que podia dar-lhe. Ela sorriu e aceitou. Disse que não cobraria dela se pudesse, mas a todo serviço era preciso remunerar para que a "energia do ouro" circulasse. Dizia que o que faltava aos pretos era isso, a energia do ouro que não deixavam que circulasse entre eles.

Sentada em um toco baixo que fazia as vezes de banco, Vitória fechou os olhos, jogou alguns pequenos pedaços de ossos e ficou tonta quando abriu as pálpebras e viu. Apontou o desenho que se formou.

– Olhe aqui, criança linda. Essa é você e este, o amado de seu coração. Esta... (arregalou os olhos de surpresa) esta sou eu! E este é o amado do meu coração... Nossos amores estão juntos!

Vitória sabia adivinhar tudo para os outros e nunca para ela própria. Era como se sua sina fosse apontar o caminho, mas viver perdida. Não confiava em outro adivinho que não fosse ela. Via muita gente pela cidade que considerava embustes perfeitos. Havia um padre que muito a irritava. Ele comovia especialmente a escravaria crédula como Tomásio. Não confessava ninguém que não o presenteasse com algo. Até este ponto ia, afinal, era a tal "energia do ouro". Embora não entendesse por que um homem que tinha todas as suas necessidades satisfeitas pela Igreja precisava desta energia. Ele dizia que suas rezas faziam com que pudessem mergulhar e respirar debaixo d'água, que podia curar de mordidas de cobra e outros bichos. Vendeu um escapulário a uma preta que lhe deu todas as suas economias dizendo-lhe que ele lhe daria 100 anos de salvação junto aos anjos... Mas o que mais deixava Vitória enraivecida era vê-lo oferecendo lasquinhas da cruz de Cristo e papeizinhos contendo o leite em pó da Virgem Maria.

Quitéria não compreendia. Quem era o amor de Vitória? Ela não lhe disse mais muita coisa. Apenas assegurou que Zé, embora bastante preocupado e assustado, estava vivo. Disse também que se cuidasse, pois em breve mudaria de casa. "Mudar de casa? Como e por qual motivo?" – pensava Quitéria. Nesta mesma tarde teria a resposta, quando Sinhá Branca avisou que ela iria alugada para a casa da prima Manuella. "Mas... por quê?" – Indagava-se. Era um motivo muito óbvio e prático.

NA CASA VIRTUOSA

Eu estava muito aflito, desesperado mesmo, pois ele estava a um passo de fazer uma loucura que ninguém, muito menos eu, poderia reverter. Suado, cabelos desfeitos, barba por fazer e em mangas de camisa, Antônio, furioso, usava de toda a força para bater de cinta na mulher Manuella. Xingava-a de todos os nomes e impropérios. "Rameira!" e "putana!" eram os mais leves.

Ela não tinha mais lágrimas para derramar ou voz para gritar. Hematomas vários pelo corpo, um olho roxo fechado e sangrando. Os ferimentos eram tantos que fizeram com que perdesse as forças e desmaiasse. Foi preciso Juvenal, arriscando-se a ser castigado também, bater na porta para cessar a sessão de martírio que já durava muito tempo. Exausto, Antônio vagou pela casa com olhos vidrados até que saiu sem dizer aonde ia.

Quitéria cruzou com ele na entrada da casa, mas ele não a viu, de tão desarvorado que estava. Ela entrou devagar, assustada. Viu no quarto Juvenal e sua esposa, Rita, limpando ferimentos, aplicando compressas e unguentos em Manuella ainda desacordada. Correu a auxiliar.

Antônio andou a esmo até encontrar um pântano no mato fechado, e pensou em tirar a própria vida. Chegou a apontar a arma para a própria cabeça, mas não teve coragem. Olhava para o alto maldizendo os céus por semelhante castigo. Ele já estava desconfiado, mas teve certeza quando a vizinha, ao lhe dar bom-dia, aproveitou para também dar-lhe os parabéns pela gravidez de sua esposa. Suas dúvidas então se confirmaram.

Dona Gertrudes – ah, os brasileiros e este mau hábito de todo o tempo investigarem-se uns aos outros! – certamente ouvira parte da conversa de Manuella com Branca. Esta se comprometera a contar a novidade a Antônio, chamando-o à razão, porque não podiam pôr tudo a perder por conta de uma fraqueza, um deslize de uma mulher ainda jovem que caíra em tentação porque estava sem seu homem. Caso a repudiasse, ela mesma, Branca Muniz, daria conta de espalhar sua falta de virilidade para toda a cidade. O plano era levar a gravidez a termo e, depois, colocar o rebento na roda dos enjeitados de algum mosteiro ou convento e dizer a toda a gente que morreu no parto.

Não deu tempo. A língua solta de dona Gertrudes precipitou as coisas e quase matou Manuella pelas mãos de Antônio ou pelas garras do Estado, pois as leis do reino, mais especificamente o título 25º das Ordenações Filipinas, não deixavam nenhum resquício de dúvidas ou piedade nestes casos.

> [...] E toda mulher, que fazer adultério a seu marido, morra por isso. E se Ella para fazer o adultério por sua vontade se for com alguém de caza de seu marido, ou donde a seu marido tiver, se o marido della querelar, ou accusar, morra morte natural. [...] Achando o homem casado sua mulher em adultério, licitamente poderá matar assi a Ella, como o adultero, salvo se o marido for peão, e o adultero fidalgo, ou nosso Desembargador, ou pessoa de maior qualidade. Porém,

quando matasse alguma das sobreditas pessoas, achando-a com sua mulher em adultério, não morrerá (ele) por isso, mas será degredado para África com pregão na audiência pelo tempo, que aos julgadores bem parecer, segundo a pessoa, que matar, não passando de trez annos.
[...] E não somente poderá o marido matar sua mulher e o adúltero, que achar com Ella em adultério, mas ainda os pode licitamente matar, sendo certo que lhe cometterão adultério; e entendendo assim provar, e provando depois o adultério per prova licita e bastante conforme a Direito, será livre sem pena alguma, salvo nos casos sobreditos, onde serão punidos segundo acima dito.

Oculto por uma noite sem estrelas que o pegou ajoelhado na terra, Antônio refletia sobre o tamanho de sua desgraça. A primeira mulher já partira deste mundo depois de uma sessão de surras semelhantes; e agora Manuella, a bela e doce Manuella... Caso denunciasse sua mulher às autoridades por adultério, ela seria condenada a "morte natural", que era a forca. Seria pendurada pelo pescoço até que "naturalmente" viesse a morrer, assim dizia a lei. Nada ocorreria a ele. No entanto, com quem ela o traíra? Tinha ganas de matar os dois. Tudo dependeria de quem era o homem com quem ela cometeu a abominação, pois, se fosse alguém poderoso, não poderia matá-lo.

Espancou-a quase até a morte e ela não revelara. Quanto mais ela escondia o nome do amante, mais ódio ele sentia, pois isto era sinal de que tinha apreço incomensurável por ele e o estava protegendo. Se fosse algum figurão como ele ou superior, assassiná-lo poderia render-lhe um degredo para a África. Desde sempre, a impunidade só grassa se os alvos forem gente sem "importância". Isso de ir para o continente negro talvez não fosse assim tão mau, visto que não aguentaria a vergonha e a humilhação diante de toda a gente permanecendo na cidade onde todos podiam lhe apontar os chifres.

Voltou caminhando para casa. Mal entrou, viu Quitéria, grávida em estado adiantado, com uma bacia nas mãos a caminho do quarto. Ela imediatamente abaixou a cabeça, fez uma reverência e se apressou a sair da frente dele, pois viu em seus olhos ganas de espancá-la também. Em breve sua própria mulher estaria com a barriga naquele estado. Ele controlou-se, pois havia pensado. Não podia condenar a família a tamanho escândalo. Sua casa sempre fora vista como uma das mais virtuosas da província. Deixaria a adúltera viver até que a criança nascesse. Depois... Quantas e quantas mulheres nesta vida morrem no parto?

NO CONFESSIONÁRIO

Alguns dias depois, Manuella seguia de cama e, ao pé da cama da prima, Branca andava nervosa de um lado a outro. Falou baixo, mas energicamente, pois, se as paredes tinham ouvidos, as daquela casa tinham ouvidos e narinas de cães de caça.
— És tresloucada?! Como pode nos colocar em semelhante risco? Diz-me agora quem é este amante misterioso! Mulher frívola. Bem razão tem teu marido em chamar-te por todos os nomes sujos. Não fosses tu minha parenta e meu sangue, acharia bom que Antônio desse cabo de ti. Aposto que com este fogo, provocaste algum pé rapado apenas pelos dotes físicos. Ora, ora, ora! Por que tu não procuraste alguma feiticeira que te arranjasse uma erva destas para deitar fora filhos indesejados? Anda, diz-me! E diz-me já quem é o sacripanta!
Manuella não podia falar. Sentia os enjoos próprios da gravidez, dores por todo o corpo machucado e também na alma. Não podia porque a boca estava ferida e não queria dizer, nem à prima nem a ninguém, mas ela tanto a perturbou em sua cama de convalescente, que com um fio de voz e muita dificuldade, acabou por confessar.
Branca sentou-se na cadeira no canto do aposento. Estava pasma e, depois de um momento de admiração, soltou sonora gargalhada. "Como eram hipócritas...", pensava. "Chegara ali aquele homem tão metido a santo para nos julgar pelo quê

exatamente? Por nossas orações e tradições? Que mal há no que fazemos no íntimo de nossos lares? Não interferiam ou prejudicavam ninguém por crer nas leis de Moisés. Já este religioso julgador e cheio de arrogância e moral, é um indecente arruinador de famílias e reputações!" – sussurrava.

Branca se condoía por Antônio, seu grande amor. Como poderiam ter sido felizes e formado uma dupla imbatível se tivessem ficado juntos. Podia mesmo apostar que ele encontrava-se impotente por total incompetência desta prima muito bonitinha, porém idiota e sem "tempero", segundo sua avaliação. Estava nestes pensamentos quando Quitéria entrou com uma sopa, uma colher e um copo de refresco, pois Manuella não conseguia mastigar e só tomava líquidos. Sinhá Branca parou de falar quando ela entrou com a comida, mas estava arquitetando uma forma de utilizar o bebê que Manuella esperava para chantagear o frei caso fosse necessário.

Quitéria, por outro lado, pensava numa maneira de não deixar seu filho morrer quando tivesse que parar de amamentá-lo para dar seu peito ao filho da nova sinhá, pois não sabia das traições e planos de abandono do recém-nascido e lhe parecia óbvio que era para isto que fora transferida para lá.

***

Tomásio acendeu o candeeiro. Informou ao senhor Diogo que sua irmã ainda não havia chegado da casa de dona Manuella e do senhor Antônio, e que sua sobrinha já havia se recolhido. O padre então comeu um pedaço de pão com uma caneca de vinho e trancafiou-se em seu quarto. Diogo parava, refletia alguns segundos, molhava a pena na tinta e voltava a rabiscar o papel. Há tempos que se convencera de que precisava registrar seus pensamentos e descobertas em um diário ou enlouqueceria, visto que não tinha com quem desabafar seu peito ou trocar ideias. Naquele dia escreveu até findar a luz de sua última vela.

...Vejo-me sem saída. Há meses decidi pelo pior caminho, mas creio ser ele o acertado, pois não poderia mais seguir com estes pesos n'alma. Uso o cilício e mortifico-me constantemente, mas não é o suficiente. Preciso de uma medida radical e definitiva. O fim de todo este martírio está muito próximo. O Frei Alexandre Sardinha em breve voltará e espero que também Felipe, também Felipe... nem ouso dizer o nome do que sinto por este jovem. Nem ouso... hoje precisarei apertar mais minha cinta.

Branca retornara batendo portas. Estava chegando tarde para uma dama como ela. Ainda não acreditava na situação que Manuella criara. Passou pelas imagens da Virgem e de Santo Antônio que ficavam em um nicho na sala. Estavam ali apenas para calar a boca dos visitantes, que eram muitos e inoportunos. Antes fosse apenas isso. Lembrou-se de Diogo e, com preocupação, viu que as imagens estavam ali não apenas por aparências, mas principalmente por ele, pois o irmão acreditara na mentira que criaram. O irmão estava convertido. Perigosamente assimilado por aquele exército de homens que lutavam contra o que a natureza lhes dera. Uma tropa estranha aos seus olhos, por mais que tivesse vivido uma vida ajoelhada e comungando falsamente dentro de seus quartéis.

Estava cansada. Pediu um escalda-pés e, com a camisola arregaçada até os joelhos, relaxava com a quentura da água entre os dedos. Pensava que lhe restavam Felipe e Sianinha. Mais tardar em meados do próximo ano, os dois finalmente estariam casados, lhe dariam netos e um pouco de sossego.

NO TEMPO DOS CORAÇÕES OPRESSOS...

Quitéria estava calma. Pernas muito abertas, de cócoras e amparada por trás pelos braços, ela deixava vir à luz a criança que fizera com Zé Savalu... e era tão parecido com ele! Ela sorria com o pequeno nos braços, amamentando-o, quando Tomásio, vindo da casa de Sinhá Branca, entrou no porão para vê-lo. O velho tirou seu chapéu e coçou os cabelos brancos. Sorriu também, pedindo a bênção dos santos Elesbão e Efigênia para o menino. Sinhá Branca também entrou, portando seu livro-razão para avaliar a nova propriedade. Estavam ambos, mãe e filho, em excelente estado. No dia seguinte ao parto, Quitéria já era obrigada a realizar suas tarefas com o bebê atado às costas por um pano e, quando ele chorava, dava-lhe o peito. Felizmente tinha muito leite.

Manuella, ainda apresentando cicatrizes da surra que levara do marido dois meses antes, não saía mais de casa para que a vizinhança, comandada pela sempre maldosa Gertrudes, não a visse com as marcas. Em uma rara descida de seus aposentos onde estava quase prisioneira, também fora ver o pequeno e levou-lhe uma manta e casaquinhos de presente. Era o mínimo que se sentia obrigada a fazer em retribuição a todos os cuidados que Quitéria tivera com ela. Esteve por longo tempo entre a vida e a morte, e agora já estava com a barriga bem desenhada. Por vezes pensava em se deixar morrer, mas quando pensava no filho Felipe, em Alexandre e que carregava dentro dela alguém que era um pedaço dele, lutava para manter-se viva.

Antônio não queria saber da mulher. Mudou-se para outro aposento e não queria notícias de seu estado. Só não havia acabado com sua vida por conveniências familiares e financeiras, mas ordenara que ninguém lhe prestasse assistência ou fizesse favores especiais. Branca e Sianinha tampouco lhe davam muita atenção. Quando muito, visitas protocolares recheadas de acusações e enfados. Manuella estava completamente só e, se não morresse das chagas provocadas pelo marido, morreria da tristeza e da opressão que lhe tomavam o peito.

Quitéria, enfrentando também uma gravidez, de alguma forma se apiedava da senhora. Ela saciava e afastava a curiosidade da velha Gertrudes e de outros dando informes falsos sobre a saúde de Manuella, e buscava ajuda secretamente. Mais uma vez, Vitória foi quem lhe valeu.

– Conheço aquela família como a palma de minha mão... Faça-lhe uma sangria e logo que a fizer bote dentro de um vaso com água mui limpa. Se o sangue for fundo na água sem se desfazer, será sinal de vida, porém, se desfizer todo e nadar por cima da água, sem ficar alguma pinga no fundo... Perigo! – E dizia o que Quitéria necessitava para que a senhora não morresse.

Vitória era uma pessoa odiada e temida por uns e amada por outros. Os que não toleravam sua figura, a ignoravam o mais que podiam, pois no fundo temiam precisar dela e de seus préstimos de curandeira algum dia. Médico era um luxo até para os mais abastados em determinadas épocas. Ela não fazia caso. Seguia auxiliando quem a procurava, mediante pagamento alto quando julgava que o requerente podia pagar, e por quase nada a quem sabia que não tinha quase nada, como Quitéria.

Antônio, por mais que tentasse, não tinha como não acompanhar a gravidez de Manuella. Desconfiou de que Vitória talvez tivesse algo que ver com a recuperação da mulher que desejou com todo ardor que morresse, pois assim se livraria de tamanha humilhação sem causar dano à própria imagem e à da família.

– Estás a auxiliar aquela rameira! Não te paguei para isto. Aliás, o serviço que te encomendei, dele não tenho notícias!

Antônio tinha um tom ameaçador e Vitória, como sempre, não se deixava intimidar por ele.

– Num sei que rameira é esta, mas o sinhô ainda não me pagô foi nada, entonces, nada lhe devo de dizê. E sobre o serviço que me encomendô... já sei de tudo sim. Já sei... e mais não digo até vê meus ouro e diamante aqui ó, na minha mão! Já sei, sim sinhô! Também sei, sinhô Antônio Gama, quem lhe deu isso.

– Isso o quê?!

– Esse par de chifre que tá aí na tua testa! Se o sinhô soubesse... – E saiu gargalhando, para desespero dele, que era muito valente em casa, mas estava entre os que muito temiam Vitória.

A provocação dela foi apenas parte de um dia que terminaria mal, pois, quando chegou a casa, achou um envelope em cima de sua mesa de escrever.

> Vossa mercê pensa que não sei de vosso intercâmbio com estas bruxas. A um lado tens as feiticeiras judaizantes das quais uma lhe dará um bastardo e de outro, o medonho africano metamorfoseado em mulher. Por tudo pagareis,

por todos os sortilégios nesta guerra de bruxas pagareis tu e a tua descendência.

Interrogou os da casa sobre como aquele papel chegara. Apenas lhe disseram que um menino de recados batera à porta. Subitamente, Antônio lembrou-se de Felipe e do menino que lhe entregara uma missiva ao final da missa na igreja do Carmo, havia muitos meses. Percebeu que estes fatos se conectavam e havia mais coisas. Angustiou-se tremendamente, pois viu que ele não possuía todas as informações. Ele não era conhecedor de todos os segredos...

... mas alguém sabia a história completa.

QUANDO SE APROXIMAVA A BATALHA FINAL

Não adiantou Frei Alexandre colocar os grandes caçadores de negros à procura de Savalu. Encontraram pistas e por vezes julgavam estar próximos de encontrá-lo, mas a verdade é que o preto evaporara pelas matas da serra da Mantiqueira, da serra do Facão. Diluíra nas águas do Rio das Velhas, do Rio Doce. Virara uma das pedras da Estrada Real, encantara-se em folha das copas das árvores. Mesclara-se com o nevoeiro que descia pesado do alto dos montes. Frei Sardinha decidiu que não perderia mais dinheiro e tempo procurando-o. Sabia que aquelas montanhas eram como os queijos que possuem muitos buracos, e Savalu, seja por sorte ou ajuda encontrada, achou caminhos ocultos.

Felipe e Balthazar não estavam mais na cidade. Saíram com mercadorias de volta ao porto do Rio de Janeiro. Nada lhe tirava da cabeça que havia uma ligação entre o desaparecimento de Zé e eles, mais especificamente "Aquele atrevido e maricas do jovem Felipe", como costumava dizer. Recordou-se do título 63, no capítulo quinto das Ordenações Filipinas: "... qualquer pessoa [...] que sendo achado levando algum cativo para o pôr a salvo, aquelle, que assi levar sendo judeu ou mouro forro será cativo do senhor do escravo [...]". Imaginou-se, deliciado, escravizando os irmãos Gama. "Pagariam a seu tempo", pensou.

Mais de um ano já havia passado desde que chegara às Minas, e havia dois meses que buscava o fugido Zé Savalu. Aferira todas as obras de igrejas e contas pessoalmente. Pegara diversas irregularidades que reportara aos seus superiores na metrópole. Era hora de retornar ao Rio e terminar o que viera fazer no Brasil. Ordenou que começassem a acomodar suas bagagens e a organizar o comboio que o conduziria de volta, quando viu um mensageiro em sua porta. Ele trazia uma extensa carta.

Frei Alexandre Sardinha leu cada palavra saboreando. Agora sim! Agora todas as peças do jogo estavam unidas. Estava tão satisfeito que nem pensou na árdua e perigosa jornada mata adentro para retornar. Mandou que acomodassem seus santos e pertences na bagagem. No dia seguinte sairiam nos primeiros raios do sol. Antes de dormir sua última noite em Vila Rica, leu outra vez a carta longa com um sorriso sarcástico no rosto.

> ... Um jovem sem honra e sem religião. Ao dizer Felipe Gama, digo do escândalo, do escracho, da vergonha da elite e o ridículo de redingote de veludo, o safado, o patife, o monstro... a figura da SODOMIA, da PEDERASTIA e do PECADO NEFANDO!

***

Dois meses e meio se passaram desde sua fuga, a parada no quilombo, o encontro com o tesouro e o comboio de contrabando de Felipe e seu irmão. Enquanto seu antigo dono se preparava, fortemente escoltado, para deixar Vila Rica pelas estradas oficiais, Zé Savalu e os irmãos Gama já estavam muito adiantados rumo ao Rio de Janeiro, por atalhos e túneis na floresta e navegando em canoas por rios pouco conhecidos.

Àquela altura, Savalu não andava mais amarrado. Era parte ativa da caravana. Ele e seu inseparável saco de pedras. Certo dia especialmente difícil em que encontraram cobras e escorpiões, tiveram uma canoa virada com farinha e carne de caça, e perderam um dos carregadores para a febre terçã, Balthazar, tendo que a toda hora tropeçar no fardo pedregoso, irritou-se com Savalu e aquele saco de rochas.

– Vais largar isto agora, negro! Chega de arrastar este peso tolo. Santo Antônio já está pago. Larga imediatamente esta carga ou arranco com minhas mãos estas pedras inúteis e a tua cabeça!

Não adiantou Felipe pedir calma. Um dos condutores tentava apressá-los, pois aquele não era um bom local para se demorarem. Ele olhava para todos os lados como se temesse algo invisível que os espreitava, mas o chefe do grupo estava fora de si e arrancou à força a trouxa atravessada no corpo de Zé. Um silêncio pesado se instalou por alguns segundos e todos estavam na expectativa do que aconteceria, quando ouviram na mata um farfalhar de folhas e estalidos de galhos se partindo. Não houve tempo para nada. Um grupo de Tupinambás atacou o grupo e uma luta brutal tingiu de vermelho o leito do rio.

Balthazar, dando vazão a toda a sua sede de sangue, atravessou o punhal em vários peitos desnudos, espetou a faca em diversas barrigas, cortou de ponta a ponta inúmeras gargantas. Pelo outro lado, flechas envenenadas zuniam por toda parte e faziam cair como frutos podres, quase que de imediato, os homens do cortejo de Balta Gama.

Por um instante, passaram na cabeça de Savalu as histórias que ouviu dos tropeiros na viagem sobre os índios Paiaguás, que mataram todos de um comboio de 600 pessoas lá para as bandas de Cuiabá. Como um raio, veio o pensamento de conseguir liberdade de outro jeito: "E se eu me juntasse aos índios e ajudasse a acabar com esses brancos todos? Essa gente queria me capar! A mata é dos índios... Nós é que estamos no erro!" Mas pensou no tesouro de Tonho, no velho Tomásio, em Quitéria e no filho. Todo esse tempo até ali, a imagem dela no dia em que partiu não lhe saía da cabeça dizendo-lhe na língua dos pensamentos de ambos, no idioma fon: "Volta! Estás proibido de morrer. Volta!". Era matar ou morrer.

Felipe, hábil com a faca graças às lições de Vitória, defendeu-se como pôde, mas os Tupinambás dizimaram metade da caravana. Ironicamente, foi o saco de pedras de Savalu o escudo que salvou a vida de Balthazar, pois uma flecha lhe atingiria em cheio o peito, não fosse o reflexo de levantar a trouxa que havia retirado à força dos ombros do rapaz. Assim que se viram sem a presença dos indígenas, correram tropeçando nos corpos para subir nas canoas onde a carga já estava acomodada e remar o mais rápido para o mais longe que puderam, pois sabiam que o ataque seguinte seria ainda mais feroz e dificilmente sairiam vivos.

Deixaram alguma fortuna para gerações futuras, pois aliviaram bagagem jogando parte das cangalhas que estavam cheias no rio, para saltar rápidos nas canoas, mas não sem antes Savalu voltar para resgatar seu saco. Balthazar ameaçou criar novo caso, mas, agarrado à sua bagagem ainda com a flecha espetada, Zé encarava Balta, que devolvia sua encarada com raiva. Foi neste episódio do ataque às margens do rio que perdeu o medo do irmão de Felipe. Falou pela primeira vez sem tremer a voz.

– Da próxima vez, inhozim Balthazar, Santo Antônio vai deixá que a flecha chegue onde tinha que chegá, no meio das tripas da barriga de vosmicê!

Amedrontados, os homens da caravana e também o chefe todo poderoso olharam para os cadáveres que, envenenados, já estavam adquirindo uma cor arroxeada. Deixaram-no em paz para carregar suas pedras. Felipe observou a cena. Olhou Savalu nos olhos. Vitória havia lhe ensinado a saber quando alguém esconde um segredo, e viu que ele estava lhe escondendo algo.

Depois de navegarem quase duas horas a toda a velocidade que podiam, desceram em um vale. Dos 30 homens que iniciaram a jornada, restavam 12, contando com os irmãos Gama e Savalu. Quinze foram mortos no ataque dos índios e três morreram de febre ou picada de bichos. Contabilizaram a carga. Perderam comida, mas a bagagem preciosa estava em grande parte preservada. Ouro sem o selo real necessário para comprovar que pagaram o quinto e assim poderem transitar pela Estrada Real.

Separaram o que seria de cada homem, inclusive uma parte para os escravizados, que eram agora em número de seis, pois era preciso mantê-los fiéis na viagem tão dura. Também tinham separado o que seria para compra de mantimentos e outras necessidades nos povoados do caminho. Ainda sobrava o suficiente para valer muito a pena a aventura. Apesar de estarem sujeitos aos percalços de tão pesada travessia, eram experientes naquelas jornadas. A questão agora era reorganizar a viagem com menos gente e muita bagagem. Depois de examinarem com calma a localização, calcularam que, com um pouco de sorte, chegariam ao Rio em mais 30 dias.

Estava chegando o momento de todos os segredos saírem dos armários de jacarandá.

5. DAS SENTENÇAS

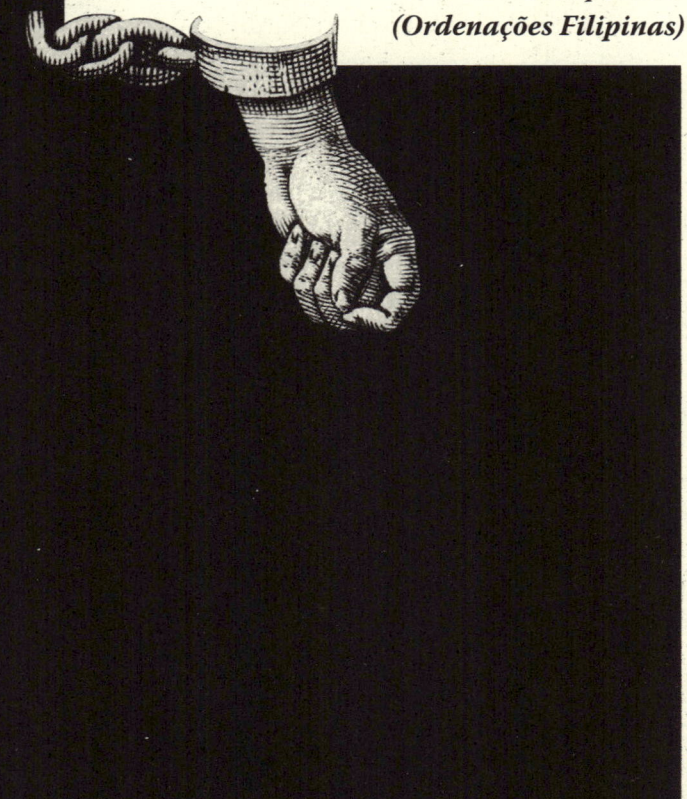

... Morra por isso.
(Ordenações Filipinas)

NO MOMENTO DA MELHORA DA MORTE

Desde tempos imemoriais, mulheres e homens sabem que, quando um doente grave está para morrer, melhora subitamente de seus males. E foi assim, como a calmaria que precede a tormenta no mar, que a vida transcorreu antes da volta ao Rio de Janeiro de Zé Savalu, Felipe, Balthazar e, três meses depois deles, de Frei Alexandre Sardinha.

O único desassossego aconteceu com a doença do menino de Quitéria, a que ela deu o nome de Benedito. Ela teve que amamentar Felipa, nome que Manuella deu à menina que nasceu quatro meses depois dele. Batizá-la com a versão feminina do nome do irmão mais velho dissipou um pouco os comentários à boca pequena da gente da terra, pois dava a aparência de que o pai era o mesmo. Quitéria quase não tinha leite para o filho, que já estava maior e tinha necessidade de muito mais alimentação que a pequena. Ela então misturava água e leite de vaca para complementar a alimentação do filho.

Um dia, o bebê amanheceu evacuando muito e vomitando também. Desesperada, Quitéria alternava as mamadas de Felipa com uma correria à procura de Vitória por toda a cidade. O menino não estava bem e piorava. A continuar naquele ritmo, não resistiria muito tempo. Já era noite e Benedito já respirava com dificuldade, quando finalmente a encontrou. Secretamente, fez com que entrasse na casa. Ela pegou o menino com todo o cuidado e aconchegou-o junto ao peito de olhos fechados, com todo o carinho.

– Quitéria, pegue uma bacia com água. Vamos ver se é quebranto.

Vitória segurava a criança enquanto Quitéria colocava a bacia embaixo dela. Vitória passou Benedito à mãe, que permaneceu segurando-o em cima da bacia, e pôs um ovo dentro da água. O ovo rolou pela água. Não parava quieto.

– Essa casa é carregada... Ele tá pegano tudim... Vamo descarregá esse minino.

Deram-lhe um banho morno com verbena, defumaram em torno dele, e tanta coisa fizeram, que o menino parou as evacuações e recobrou as forças. Quitéria, que já queria muito bem à Vitória, passou a considerá-la mãe e irmã ao mesmo tempo. Sempre que por lá chegava, se abraçavam apertado e a velha Rita, esposa de Juvenal, lhe dava um pedaço de doce, uma cuia de mingau, um afago de mãos rugosas.

Juvenal a olhava com desconfiança. Dizia que não gostava de Vitória, mas Rita o repreendia só com o olhar. Ela e Quitéria também o advertiam severamente para jamais comentar com Tomásio sobre as visitas de Vitória. O velho serviçal de Sinhá Branca não hesitaria em denunciá-la aos padres como "fazedora de calundus diabólicos". Ele reprovava, mas tolerava a muito custo as crenças de Quitéria, com quem convivera desde muito pequena, mas não pensaria duas vezes em "desmascarar" alguém como Vitória. As mulheres pitavam juntas seus cachimbos antes do anoitecer, pois o senhor Antônio só chegava tarde da noite e Manuella quase não saía do quarto. Em uma de suas muitas idas secretas à casa dos Gama, Vitória confidenciara a Quitéria que Felipe era o seu grande amor.

— Num posso vir mais aqui, Quité... Sinto que ele está pra chegá e num posso encontrá com ele nessa casa. Tá perigoso. Inhô Antônio tem muito ódio no peito e Sinhá Manuella tem muita tristeza na alma. Teu minino sentiu o peso do ar e inté ficou doente. Ele tá a um passo de tirá a vida de um ou mais, e uma dessas vidas ceifadas num pode sê a de Felipe! Num pode...

Antônio não conseguiu dar cabo da mulher, mas era rude além da conta e ignorava por completo a menina. Eram estranhos dentro da mesma casa. Não descartara a ideia de se livrar das duas, mas já circulava a notícia de que Frei Alexandre estaria retornando. Segurou mais uma vez seu ódio para não colocar tudo a perder. Também sabia que os filhos já estavam a caminho com o ouro, e deveriam chegar bem antes do religioso. Pagaria a Vitória e saberia, afinal, quem era o delator e quem era o pai daquela criança que lhe dizia todos os dias do seu fracasso como homem. Tudo estaria contornado quando finalmente tivessem que estar frente a frente com ele. "Quando o maldito frei puser os pés na nau que o levará de volta a Lisboa, resgato minha honra e vingo-me desta mulher infame", imaginava.

***

O enxoval de Sianinha finalmente estava completo. Uma arca ricamente preenchida com o vestido nupcial, os vestidos de gala, mantos diversos, colchas, toalhas, utensílios domésticos caros. O dote da filha de Dona Branca Muniz incluía ainda uma casa de tribeira, joias e negros. A moça não abria mão de Quitéria. Pensaria ainda se levaria o filho ou o venderia. Ela já estava certa de que Savalu não voltaria jamais e começava a se preocupar com o destino do noivo Felipe, pois quase dois anos se passaram desde que partiu junto com a enorme caravana que cobriu como um cortejo a Rua Direita. A última carta dele já contava muitos meses, mas o futuro sogro, Antônio, deu notícias de que estaria retornando em breve. Não é que o amasse tanto assim, mas era o homem a ela destinado. Já estava em tempo casadoiro, e arranjar outro pretendente de tão boa família era tarefa árdua, quiçá impossível.

Estavam ceando quando lhes chegou a notícia da chegada de Balthazar e Felipe. Com uma exclamação de alívio, Branca avisou imediatamente que na tarde seguinte iriam visitar os viajantes para saber de todas as novidades e também para finalmente acertar os detalhes da cerimônia. O padre Diogo não pôde demonstrar o quanto seu peito estava acelerado. Ele correu para seu quarto, deixando a irmã e a sobrinha atônitas.

O doente sempre melhora quando está prestes a morrer, mas a doença ainda está lá.

A HORA DA PARTILHA

Depois de enfrentar outras agruras e aventuras, Savalu e os irmãos Gama finalmente pisaram na terra dos cariocas, dos índios Tamoios, dos mazombos, marotos, mulatos, dos morros e enseadas, dos charcos e insetos e jacarés, a terra das palmeiras imperiais e pássaros diversos, dos morros Cara de Cão e do Castelo, do calabouço, da forca e dos pelourinhos, do porto que crescia em importância e agitação. Tão logo avistaram Paraty, Savalu chamou Felipe a um canto.

– Inhozim... nossa viage tá chegano ao fim.

– Calma. Já contratamos um barco e arrumamos tudo para a chegada ao Rio de Janeiro sem atropelos. Para todos os efeitos, tu és meu escravo. Terás um tempo para te arrumares e escapar antes que Frei Alexandre apareça.

Savalu ficou sério e pensativo.

– Num é certo... Tenho que lhe contá... Achei o tesouro do nego Tonho.

Felipe emudeceu de surpresa e viu ainda assombrado Savalu remexer a famosa trouxa, que todos apelidaram de trouxa "Santo Antônio das Pedras", e abrir com cuidado uma delas. Seu espanto não tinha tamanho.

– Metade delas é tua, inhozim...

Felipe emocionou-se. Entendera que ele guardara segredo por todos aqueles meses para proteger a ambos. Já sabia da inteligência dele, pois nesses quase dois anos testemunhara muitos episódios em que o engenho de Savalu fora determinante. No entanto, estava impressionado demais.

– Zé... eu já sou muito rico. Olha essas bagagens que passamos meses carregando mata adentro. De alguma forma é quase tudo meu e de Balthazar, sem contar o que temos de família, mas... espera. Já que fazes questão de dar-me a minha parte, vou te instruir em algumas coisas.

Os dois então planejaram passo a passo o futuro próximo assim que pusessem os pés na cidade que era o ponto de partida e o de chegada de grande parte dos aventureiros que se jogavam na corrida do ouro das Minas Gerais.

Nem puderam acreditar quando a embarcação clandestina contratada por Balta atracou em um ponto mais afastado de Sepetiba. Agora faltava realmente pouco. O irmão de Felipe estava tão contente, que naquele dia aceitou a sugestão do caçula, foi ao povoado e retornou para o acampamento com garapa para todos. Beberam e até cantaram.

Seguindo o plano que traçaram, Savalu aproveitou quando todos dormiram e desgarrou do comboio reduzido. Agora, ao invés de trunfo, se transformara em estorvo, pois no Rio sabiam da compra de Savalu pelo frei devido à troca de correspondências no período. Poderia parecer que eles estavam dando fuga ao negro de Frei Alexandre, e Balthazar iria aprisioná-lo para a devolução caso fossem vistos chegando juntos.

Examinou-se e viu que estava em péssimo estado. Conseguiu uma camisa velha pelo caminho, mas estava realmente em precárias condições, mesmo para alguém como ele. Não poderia chegar à cidade daquele jeito sem levantar muitas suspeitas. Foi quando viu um homem negro puxando uma carroça com muitas trouxas e bugigangas penduradas. Era um preto forro que mascateava pelos caminhos. Pegou uma pepita pequena de seu tesouro, deixou sua trouxa escondida no mato e deu ao homem em troca de um chapéu, um par de botas, uma calça, uma camisa e também uma sacola. Assim mais equipado, poderia transferir sua bagagem para a sacola reforçada e caminhar maiores distâncias sem arrebentar ainda mais com os pés. Teve uma ideia.

– Se eu lhe pagá com outra destas, me leva no fundo desta carroça até a cidade? É tudo o que tenho, meu sinhô, mas num guento mais andá...

O homem olhou-o curioso de cima até embaixo. Sim, acreditava que não aguentasse mais andar. Estava muito magro e esfarrapado. Não era um salteador, mas... estaria fugindo? No entanto, com ouro para pagar roupas e transporte, não lhe fez perguntas.

Savalu voltou ao mato, vestiu-se e enterrou as roupas velhas. Voltou para a estrada e rapidamente subiu na carroça, se posicionou no fundo dos muitos panos e tralhas, fez sua sacola de travesseiro como de costume e finalmente conseguiu dormir um sono que parecia que havia séculos não descansava.

***

Acordou com um solavanco. O carroceiro lhe estendia um prato de feijão, uma cuia d'água e duas laranjas. Bebeu e comeu com voracidade.

– Vou te deixá na praia do Irajá. Lá tem um barqueiro de nome Pedro que te deixa bem perto da cidade. Ô minino... não sei no que é que andaste metido, mas toma cuidado.

Quando menos imaginou, estava Zé Savalu de volta ao coração da cidade a que chegara ainda criança. Ninguém ligou a figura barbuda e de cabelos crescidos, que usava aquelas roupas, ao preto da casa de Dona Branca Muniz, que perambulava sempre com calça puída de algodão grosso, descalço e de torso nu pela cidade. Mesmo assim, teve o cuidado de ocultar ao máximo o rosto embaixo da aba do chapéu.

Encontrou com muita gente conhecida que não o reconheceu, mas procurava apenas duas: Tomásio e Quitéria. Até que finalmente avistou-a. Viu sua figura delgada, com um menino de cerca de dois anos atado às costas, comprando numa venda. Sentiu um jorro de luz na alma, uma emoção inédita e um sentimento de vitória como jamais pudera experimentar. Ele havia vencido uma aventura que muito poucos conseguiriam suportar. O coração queria sair do peito.

Savalu a via ainda mais bela. Estava mais mulher. Seguiu-a pelas ruas movimentadas, sem que ela percebesse, até que a viu entrando na casa de Antônio e Manuella. A senhora veio até a porta com uma menina pequena nos braços. Então devia ser aquela a irmã da qual Felipe disse ter sabido por meio de uma informação seca numa das cartas do pai. Sim, era óbvio. Quitéria deve ter-lhe servido como ama de leite. Como faria para falar com ela?

Ajoelhado diante de um dos muitos oratórios nas esquinas estava Tomásio. Ele ajoelhou-se ao lado dele e olhando para frente, como se estive a orar para a Virgem, lhe falou em língua Savalu.

– Não me conhece mais? Basta ficar um tempinho longe para que minha gente me esqueça.

Tomásio levou um susto e não conteve as lágrimas. Deu-lhe um abraço apertado que ele retribuiu, mas desfez rapidamente para não chamar a atenção. Foram para o porto. Ali, entre tantas pessoas diferentes que chegavam e partiam, entre negros descarregando mercadorias e senhores apressados e vigilantes com as cargas, podiam falar um pouco. Ele então contou a Tomásio toda a sua aventura até ali. O velho admirou-se de como conseguira chegar vivo de volta.

– Eu lhe disse que aquilo era o inferno na Terra, não lhe disse? Por Nossa Senhora que escapaste!

– Nossa Senhora não... Santo Antônio.

Savalu lhe contou então a melhor parte: o tesouro. Não podia abrir a bagagem e lhe mostrar, principalmente ali, o lugar de onde o ouro saía para enriquecer quem não sofreu para retirá-lo do seio da terra.

– O melhor lugar para se esconder é debaixo do nariz de quem procura. Venha comigo! – A tarde ia caindo e as ruas já começavam a diminuir o movimento.

Juvenal abriu o portão ressabiado. Também assustou-se ao ver os dois. Os três, sempre falando na língua que os brancos não entendiam, confabulavam.

– Vocês estão malucos?!

– Estamos não, homem. Pense! Aqui é o melhor lugar. Ninguém jamais vai imaginar que ele pode estar na casa de quem o vendeu. Aqui os senhores não são como Dona Branca, que vigia tudo de perto. O senhor Antônio vive fora nos negócios e só chega à casa de noite. Dona Manuella é a pessoa mais triste que conheço, fica cuidando da criança, bordando... pouco circula. Quitéria pode ajudar a ocultá-lo no porão – disse Tomásio.

– É por muito pouco tempo. Apenas até eu conseguir transformar em moeda o que consegui e assim comprar as liberdades. Vou pagar a todos pela ajuda que estão me prestando.

Juvenal pensou um pouco. Precisaria falar com sua mulher Rita e preparar Quitéria, pois ficaria tão exultante que poderia pôr tudo a perder. Pediu um dia. Até lá o esconderam precariamente nas obras da igreja que tiveram autorização para erguer em honra a São Elesbão e Santa Efigênia, e que começavam a levantar com muito sacrifício.

***

Já era muito tarde. Quitéria estava aparentemente tranquila, sentada de pernas cruzadas na esteira, com Benedito no colo e Rita ao lado. O porão estava na penumbra, iluminado apenas pela luz da lua que prateava o céu da cidade e entrava em raios tênues por duas aberturas de ar no alto. A pesada porta se abriu e ele entrou: Zé Savalu. Ela agarrou o filho amedrontada, pois não o reconheceu de imediato. Depois levantou num salto e ficou imóvel, sem esboçar reação. Quando ele aproximou-se para lhe falar, viu que seus olhos estavam molhados. Abraçaram-se com força pelos mais de dois longos anos de pavor e expectativas. Olhou o menino que dormia sem se dar conta de nada. Sim, era muito parecido com ele. Ninguém conseguia segurar a emoção. Os outros saíram para deixá-los a sós. Ficaram no quintal pensativos, pitando cachimbos.

Quitéria e Savalu não tinham palavras que expressassem tanto amor guardado. Queriam apenas tocar um ao outro até acreditar que realmente estavam vivos e juntos. Savalu beijou-a com a sofreguidão de alguém que não fora castrado pelos alicates de Gabriel Boi. Quitéria entregou-se a ele sem saber se chorava ou sorria. Eram um do outro. Um amor para muitas vidas. Quando finalmente puderam respirar, Quitéria chamou os velhos que aguardavam do lado de fora o desafogar de tanta saudade. Eles entraram sorrindo.

Os cinco em roda, e mais a criança adormecida, sussurravam baixo o que fariam dali em diante. Combinaram que ele ficaria oculto ali dentro, pois os senhores nunca entravam na senzala apertada. Eram apenas as duas mulheres e Juvenal; logo, se Zé não inventasse de circular pela cidade e fosse muito silencioso, não se dariam conta de nada extraordinário. Ele mostrou-lhes o seu achado. O assombro foi geral e a empolgação, também. Juvenal assumiu a liderança, dizendo que não poderiam perder esta chance que a vida lhes dava, e já colocando na conta de milagres de São Elesbão e Santa Efigênica devido ao erguimento do templo que iniciaram. Savalu atalhou: "E Santo Antônio!".

– Santo Antônio estava ali só pra disfarçar, homem! Ele é o santo que caça negro fujão! Foi Santa Efigênia que o convenceu a não te entregar e Santo Elesbão te escondeu! – disse Tomásio.

Riram baixo, mas para Quitéria não tinha sido nenhum dos três. Para ela, Obaluaiê tinha lhe permitido entrar no reino dele – a terra –, Ogum lhe mostrara os metais e Oxóssi o guiou pelas matas. Fez suas saudações, que Tomásio fingia não ver. Savalu ria baixo enquanto escutava o debate sussurrado sobre qual santo havia ajudado mais, achando que muito provavelmente todos eles, e ao mesmo tempo nenhum deles, tinha razão.

***

Dias depois, ao entardecer, ouviram grande agitação do lado de fora. Felipe e Balthazar estavam de volta. Manuella abriu um sorriso por primeira vez desde que Felipa nascera. Sua última ventura fora o nascimento da menina, pois Antônio, totalmente entregue à bebida, a espancava sem motivo aparente e praticava os atos mais grosseiros muitas vezes por nada. A chegada do filho poria um freio em sua brutalidade, acreditava.

Estavam imundos, cabeludos e com mais seis negros que conduziam, em quatro mulas e duas carroças, os fardos que trouxeram. Pediu correndo para Quitéria e Rita prepararem bacias com banhos com malva, comida e os quartos. Descarregaram a carga na parte de trás da casa, amarraram as mulas e a carroça do lado de fora. Tiraram as roupas muito sujas da viagem. Os irmãos entraram nas tinas abastecidas por Rita e Quitéria. Os seis pretos da caravana também receberam água e um pedaço de barra de sabão para se lavarem. Estavam, todos os que participaram da aventura, cheirando muito mal. Após enxugarem-se, vestiram roupas limpas e comeram uma farta refeição, pois Manuella pôs tudo o que possuíam de melhor na mesa. Antônio chegaria mais tarde e encontraria os filhos na residência, já asseados e mais descansados para conversarem longamente.

Pela fresta da porta do porão, Zé olhava o movimento na parte de trás da casa. Depois de se lavarem, os negros puseram as bagagens importantes dentro da residência e voltaram para a parte de trás, onde comeram tigelas de angu com miúdos.

– E se decidissem abrigá-los na senzala? – sussurrou Zé a Juvenal, que pediu calma. Veria uma forma de afastá-los de lá, mas não foi preciso, pois duas horas depois presenciaram uma cena inesquecível.

Antônio e Balthazar ordenaram a Manuella que mantivesse as duas pretas dentro da casa, em seus aposentos que davam para a parte da frente da residência. Ordenaram a Juvenal que entrasse para o porão e de lá não saísse até o amanhecer. Ele e Savalu correram para espiar por uma pequena fresta da porta. Viam a cena de baixo para cima, e a visão das botas pesadas em primeiro plano, na altura de seus olhos, foi ameaçadora. Balta apareceu seguido pelo pai. Cada um portava duas armas e havia mais duas que deixaram encostadas na parede da casa. Chegara o momento de os ajudantes receberem o pagamento em ouro pelos meses de trabalho pesado. Alguns mal continham a felicidade, pois finalmente comprariam suas alforrias. Outros, já forros, poderiam iniciar uma roça ou um comércio qualquer.

Eram seis homens e, descansados pelo banho e pela comida, estavam distraídos admirando o pagamento em moedas douradas que acabavam de receber. Abraçavam-se e faziam planos. No porão, Juvenal subitamente se afastou da porta e atirou-se de costas contra a parede com as mãos tapando os ouvidos e os olhos fechados. Savalu mal teve tempo de perguntar o que houve quando ouviu os tiros. Sem muitos preâmbulos, Balthazar e o pai, cada um com duas armas, passaram fogo no grupo. Sobraram dois que correram para o fundo do quintal amplo e tentaram escalar o muro. Foram perseguidos pelos dois que conseguiram alvejar um.

Savalu, como se tivesse sido empurrado pela força dos tiros, também foi atirado violentamente para a parede onde estava Juvenal, oposta à porta por onde acompanhavam a cena. Apavorado, olhos arregalados. Juvenal correu de volta para espiar.

– Venha ver, Zé. Sobrou um!

Felipe chegou correndo ao quintal, atraído pelo barulho. O irmão mais velho olhou para o caçula e passou-lhe a arma que restava.

– Vamos! Aprenda a fazer o que deve de uma vez por todas! Deixaste aquele um que pertencia ao frei escapar e ele está por aí, sabendo de muita coisa e a nos ameaçar com seu sumiço. Agora atire!

Felipe tremia, suava, se debatia. Até que finalmente fechou os olhos e atirou. Pronto, mataram a todos. Disseram aos vizinhos que interrogaram sobre os tiros que um animal do mato entrara no quintal. Quando a noite ia alta, os homens da família Gama puseram os corpos na mesma carroça que os trouxera até ali e partiram para jogar os cadáveres em algum lugar remoto. Aqueles homens sabiam demais. Sabiam de todo o trajeto oculto na mata, sabiam dos pontos clandestinos de apoio, sabiam o que carregavam e o que estavam sonegando à Coroa. Sabiam... E saber não era uma boa coisa para gente preta.

Na mente de Savalu, mais uma vez as palavras de Vitória: "traição é um vício de sinhô e de sinhá". Ele pensou: "Felipe sabia o que aconteceria!". Por isso incentivou-o a partir o quanto antes. Juvenal estava chocado, mas não fazia ideia do que estava acontecendo e por que aqueles homens morreram.

– Depois lhe explico, Juvenal, mas preciso sair daqui rápido!

Savalu agora representava o projeto de um grupo. Quitéria, seu filho Benedito, Tomásio, Rita e Juvenal não podiam perdê-lo, pois apenas ele, com tudo o que aprendera em tanto tempo na companhia dos comerciantes de ouro, saberia como transformar aquele tesouro em benefício para todos sem levantar suspeita. Tomásio, Juvenal e Rita já estavam avançando nos anos. Não teriam outra oportunidade. Sem contar todo o afeto que sentiam por ele.

– Eu sei quem pode ajudar – disse Quitéria.

***

Como se fora um cliente comum negociando preço, ele chegou perto de Vitória no cais do porto. Trocaram meia dúzia de palavras e ela o levou para o seu cubículo.

"Inhozim Felipe vortou! Inhozim Felipe está de vorta!" Era apenas nisso que ela pensava enquanto ele contava tudo o que passara desde que se esbarraram no dia da partida. Ela correu para admirar o desenho que Felipe fez dela banhando-se na cachoeira e que guardava como uma preciosidade. Precisava vê-lo outra vez! Precisava. Deixou Savalu trancado no quartinho, para não ser alvo do mexerico das vizinhas, e, assim que o dia raiou, rumou para o lado mais nobre da cidade quase correndo. Ficou à espreita, próxima à casa, oculta pela vegetação. Vitória viu quando Branca e Sianinha desceram de suas cadeirinhas e entraram. "O maldito casamento", pensou.

Finalmente viu Felipe sair para recebê-las. "Oh, está mais delgado e com a barba e os cabelos grandes... mas segue tão belo..." Sabia ser muito irracional o que sentia, mas não conseguia controlar os ciúmes. Eles estavam destinados a ser um do outro.

Dentro da casa ficou tudo acertado: em mais um mês realizariam o casamento. Era apenas o tempo de a papelada tramitar na igreja e de arrumarem a festa. Sianinha estava pronta e seu dote, arrumado.

– Será uma linda festa! – comemorava Dona Branca.

Fora da espaçosa propriedade, além de recordar as dores da saudade, do ciúme e do amor, Vitória lembrou-se de outra coisa sobre este retorno: Antônio lhe devia dinheiro, muito dinheiro. Chegara o momento de revelar-lhe tudo o que ele desejava saber.

NO MOMENTO EM QUE OS ESQUELETOS SAEM DOS ARMÁRIOS

Felipe recebeu a noiva com o sorriso estudado de sempre. Ela olhou-o com a habitual indiferença. Antônio tratou a sogra de seu filho e prima de sua mulher como a sócia que sempre fora: para ele, o casamento dos jovens era apenas mais um negócio. Branca, ao contrário, embora conseguisse disfarçar bem, olhava Antônio como o jovem belo a quem nunca deixou de amar.

Balthazar, também barbado e com cabelos longos, dormia exausto, na rede no fundo da casa, o sono de meses de descanso insuficiente no meio do mato e da poeira da estrada. Não sem antes lançar olhares e dar apalpadas e apertões em Quitéria, que tremia só de olhar para aquele homem tão grande e de voz alta e grossa. A moça só pensava que os planos que tinham em mente precisavam dar certo o quanto antes, ou então...

Manuella, sentada ao lado de Antônio, contagiava com seu mutismo. Felipa era amamentada por Quitéria. Juvenal cortava lenhas para o fogão. Rita deixava as roupas dos viajantes, que lavava numa tina, para servir bocadilhos e refrescos ao grupo na sala. Quitéria passou com a criança no colo e Sianinha seguiu-a com o olhar. Resolveu então interromper a conversa falando em tom mais alto que o normal.

— Quero meus escravos de volta! Fazem parte do meu dote Quitéria e Zé Savalu, que ao retornar desta eterna viagem com o frei exijo que retorne para a minha propriedade. Ela ficará comigo. Não sei ainda se vendo o pequeno, mas Savalu será vendido, sim, e para bem longe. Vamos comprar um mais jovem para os serviços mais pesados. Vamos começar a vida, eu e Felipe, com serviçais muito valiosos em nossa casa.

Quitéria agitou-se. Queria voltar, dizer-lhe "coisas", mas Juvenal a acalmou, lembrando que em breve estariam livres. Na sala as conversas tinham acabado. O casal de donos da casa e o noivo levaram as visitas à porta. Já do lado de fora, Sianinha quase tropeçou em um objeto que Antônio abaixou para pegar. Era uma plaqueta onde se lia uma frase entre uma cruz e um candelabro sagrado dos judeus: "Sob qual destas será realizado este casamento?"

Neste momento Antônio deu-se conta de que em todo este tempo recebia mensagens veladas.

***

A noite caíra e Vitória acercou-se de Antônio na mesma taberna em que havia anos o ameaçara com uma faca.

– Deixa-me, criatura dos infernos! Volta para as profundezas de onde vieste e não me atormentes mais! – Antônio falava arrastando as frases, do modo habitual dos bêbados.

– Ora, ora, inhô Antônio... Entonces num qué mais sabê o que me pediu? Vim aqui pra lhe contá, pois agora sei que tens com o que me pagá. E por falá nisso, aquele padreco de Portugal que foi pra longe tá pra vortá. Num demora aparece...

Vitória avivou-lhe a memória e ele, instantaneamente curando a bebedeira, combinou de entregar-lhe o que devia em troca das informações na noite seguinte.

– Está bem. O inhô disse quando, mas eu digo onde e como.

Prezados, estou me esforçando para não interferir na história, tentando ater-me aos fatos, mas Vitória era alguém a quem eu acompanhava com muito gosto, pois, se existiu uma pessoa com perfeita noção de tempo e espaço, este alguém era ela. Não perdia um mísero segundo. Isto era motivo para que eu a admirasse muito, e falta pouco para que saibam o motivo.

Voltando ao nosso relato, Vitória combinou que passaria naquele mesmo local e àquela mesma hora. Iriam para um lugar que apenas ela saberia, para que ele entregasse sua pequena fortuna e em troca ouvisse tudo o que ela descobrira. Para surpresa do senhor Antônio Gama, ela cumpriu o combinado, mas passou a cavalo! Ordenou que subisse na garupa e sumiu com ele noite adentro, sem dar tempo ao filho Balta Gama, que, saído do fundo da taberna, ficou no meio da rua, sem saber que rumo tomar.

***

— Traição é um vício de sinhô e sinhá, inhô Antônio... só num digo que é um vício branco por causa de teu filho Felipe... inhozim Felipe é branco...e é o doce deste mundo inteiro.

A face de Antônio arroxeou de cólera.

— Nunca mais toque no nome de meu filho, seu... seu...

— No nome posso num tocá, mas em otras partes já toquei... e muito!— Riu alto.

— Pessoa indecente, mentirosa e infamante! O que me dizes?

— Te digo que tu és um rato, um porco imundo capaz de matá seis pobres homens que quase deram suas vida carregano o ouro de vosmicês, enfrentando luta de faca e flecha, doença, chuva, fome, frio e sol... tudo pra ganhá a chance de sê livre. Digo a ti as verdade que o sinhô precisa sabê, seu nobre de merda! Digo de ti o que em ti eu e toda gente vê, mas num tem corage de te falá!

E lhe esbofeteou a face da mesma maneira que já vira Antônio esbofetear Juvenal, Quitéria, Rita, Manuella... Estavam à beira de um dos muitos pântanos da cidade. Ouviram o ronronar de jacarés.

– Pensa que num sei que aquele teu filho abrutalhado estava oculto na bodega pra me atocaiá? Eu sou Vitória! Sou Nganga Marinda! Sou da rua, sei tudo dela e sei tudo de gente ordinária, vagabunda e sem palavra como vosmicês! Agora me passa o que me deve e senta! Nem adianta tentá fugir. O inhô num faz ideia de onde tá, e se escutô o barulho dos bichos, sabe que pode virar uma merenda boa pra eles.

Ela ordenou como quem comanda a um cão e ele obedeceu. Passou-lhe um saco com lingotes de ouro que ela conferiu.

– Pois bem... agora vou te contá.

Vitória lhe contou absolutamente tudo, desde o início do romance com Felipe. Não escondeu nenhum detalhe. Contou-lhe sobre todo o amor que os unia e disse que este casamento não vingaria. Antônio estava sem voz, pois uma garra de pavor e ódio comprimia suas cordas vocais. Ela lhe contou quem era o amante de Manuella, contou com detalhes como ela lhe traíra meses com o frei português e como fora mulher com um padre mais do que fora com ele.

– Agora pensa, inhô Antônio, conheço vosmicês há muito tempo... Lembra do cão Aquino e da história com o teu vizinho? Nem pensa bobagens sobre mim com teu filho nessa época. Sou pouca coisa mais velha que ele e nós só encontramo o amor muito tempo depois, mas naquele tempo tu já era meio brocha! Coitada de inhá Manuella... – Vitória ria com muito gosto.

Antônio sentia as palavras dela como ferro quente. Como sabia ser ferina! E como sabia tudo aquilo?

– Coitada de "inhá Manuella"?! O digno de pena sou eu, estás a ouvir? Eu e apenas eu! Com essas mãos construí tudo. São saídas do meu engenho as ideias que enriqueceram a todos, as vidas boas que possuem todos esses sugadores e pesos mortos que arrasto vida afora. A primeira mulher indolente, esta segunda esposa adúltera e meretriz, os filhos interesseiros e este filho menor que, além de tudo, agora sei ser um invertido e um ingrato... Debaixo de meu próprio teto convivo dia e noite com o sorriso e o choro daquela menina, inocente prova de meu fracasso...

Aproximando o rosto do dele como se fosse mordê-lo, ela falou despejando toda a raiva e ressentimento de muitas eras.

– Num sinto nenhuma pena de ti. Nenhuma! Sabe o motivo, inhô Antônio? Porque vosmicê tem o maió de todos os tesouro desse mundo inteiro. Uma riqueza que nem chega perto desse saco que me trouxeste.

Antônio olhou-a sem entender.

– Tens u'a coisa chamada... escolha.

Antônio soluçava. Vitória permanecia indiferente.

– Por fim, vou lhe falá que a cobra que qué mordê vosmicês está muito perto... Pra falá a verdade, ela já mordeu. Agora o veneno só vai se espalhá.

Vitória chegou bem perto e disse-lhe o nome de quem escreveu as cartas, colocou os porcos nas entradas das casas, enviou bilhetes e tabuletas. Depois amarrou-o bem amarrado. Colocou-o emborcado no cavalo e o levou de volta à sua chácara. Deixou-o quase na porta de casa.

– Tá entregue, seu traste!

Foi Juvenal quem o encontrou e o levou para dentro. Balthazar queria saber o que tinha acontecido, queria detalhes, queria entender o que estava se passando, queria isso, queria aquilo... tudo em tom ameaçador e aos gritos. Mudo, Antônio fez um gesto lento para que se calasse.

– Não faças nada, estás a me ouvir? Não faças nada contra aquela pessoa, pois a desonra máxima nos ronda.

Lentamente subiu ao quarto sob os olhares de Manuella, Felipe, Juvenal, Balthazar, Rita, Quitéria e até das crianças Benedito e Felipa. Trancou-se e fez o que havia muito tinha vontade de fazer. Deu um tiro no próprio ouvido.

NO ACERTO DE CONTAS

No mês de fevereiro do ano da graça de Nosso Senhor de 1747, Frei Alexandre Saldanha Sardinha finalmente chegava extenuado ao Rio de Janeiro, abanando-se e enlouquecendo de calor exatamente como da primeira vez em que pisara na cidade anos antes. "Será possível que esta cidade seja a colônia das labaredas dos infernos na Terra?!", resmungava já habituado ao clima frio das regiões altas.

A volta das Minas Gerais tinha sido infinitamente pior que a ida. Nunca se recuperara totalmente dos efeitos daquela mordida de cobra na primeira viagem. Adoentou-se e, sem Savalu e seus conhecimentos, demorou longo tempo recuperando-se num convento de Jesuítas no caminho. Seu mau humor só não era completo porque julgava estar perto de pôr as mãos em uma das maiores fortunas da colônia, além de mandar punir exemplarmente gente que acreditava ser o cúmulo da heresia e do pecado no mundo.

As más notícias são como eu: voam. Frei Saldanha Sardinha pisara na cidade já com o conhecimento dos últimos acontecimentos. A morte trágica do Senhor Antônio, o enterro sem glórias e o luto profundo das famílias que adiou, mais uma vez, a realização do casamento de Felipe. No íntimo estava saudoso e curioso sobre Manuella, que agora era viúva... uma belíssima e rica viúva. O frei achava que havia chegado na melhor hora, pois já era passado o luto fechado por Antônio. Se tudo desse certo como imaginava – pensava –, e a família Gama caísse em total desgraça, poderia tê-la só para ele como uma escrava especial.

Como última cartada após seu retorno, assim que se acomodou, mandou chamar o velho Tomásio, que tinha tanto respeito e reverência pela autoridade religiosa de Alexandre, que entrou e saiu do recinto curvado, sem olhá-lo diretamente no rosto. Não pôde mentir aos questionamentos de "um representante tão alto de Deus na Terra". Tomásio revelou toda a rotina das famílias Muniz e Gama, sem nada ocultar. Alexandre, ardiloso, fez um questionário, uma lista com as práticas que considerava condenáveis, à qual Tomásio só precisava responder sim ou não.

No final, o serviçal pediu autorização para voltar, pois o casamento seria domingo e tinha muito trabalho a executar. Foi dispensado por Alexandre Sardinha que, feliz, lhe deu duas patacas em recompensa."Casamento domingo...", pensou. O enlace de Felipe e Sianinha finalmente se realizaria dali a uma semana. Com sádicos sentimentos de vingança, ele marcou para a sexta-feira, no horário da manhã, uma audiência pública.

Alexandre Sardinha era um religioso; logo, passou às autoridades da lei, ao juiz de fora, as denúncias das quais já reunia farta comprovação. Religião e lei, lei e religião... O que era uma coisa e outra neste mundo de então? Tudo se misturava. O frei queria, na verdade, ampliar ao máximo o vexame daquela gente que considerava abjeta. Não havia necessidade de um tribunal como o que montou, bastava que chamasse os acusados, os confrontasse com as denúncias anônimas e os obrigasse a confessar, mas não abria mão por nada da plateia que fazia parte fundamental da humilhação pública a que desejava expor as duas famílias.

Calculista, não convocou oficialmente, em um primeiro momento, os membros dos Muniz e Gama. O julgamento seria do "jimbanda chamado Vitória". Sairiam dos lábios dele as acusações que desejava, pois, como o clérigo, já sabia de quase toda a história, acreditava que saberia conduzir bem o julgamento.

Mandou colar avisos nas portas das principais igrejas da cidade. Desta forma, a sala do escritório do Santo Ofício (religião e lei, lei e religião...) estava abarrotada. Parecia que toda a cidade se reunira para ver um espetáculo circense. Realmente, o que Frei Alexandre armara era exatamente isto e, imaginando as revelações que sairiam deste teatro, Felipe tentou ao máximo dissuadir a família de comparecer, mas foi em vão.

– Ora... o que temos que ver com essa criatura que vão julgar, Felipe? Quero saber do que se trata. Nunca tivemos nada parecido na cidade – argumentou Manuella.

A mãe havia chamado o alfaiate para ajustar nele o traje do casamento e deixou o homem fazendo marcações no lindo gibão de cetim azul-escuro cheio de brocados do filho, enquanto foi em companhia de Balthazar juntar-se à população que lotava o lugar. A certa altura, Felipe não aguentou. Despachou o alfaiate e partiu correndo para a Rua Licenciado Antônio Carneiro.

Oculto em meio à multidão, ele viu quando a trouxeram para o centro da sala do tribunal. Esticou-se o mais que pôde para acompanhar a cena. Sentiu um torniquete estrangulando o pescoço e o desespero invadindo a alma. Vasculhou seu olhar e não viu vestígio de derrota em Vitória; ao contrário, sustentava a cabeça ereta com muita firmeza, ignorando os impropérios que lhe iam atirando no rosto. Ela caminhava altiva, com as mãos amarradas e muito machucada. Cada ferida era nele que doía. Um dos olhos inchado. Hematomas por toda parte. Ela mancava. Quando o triste desfile chegou diante da mesa alta de Frei Alexandre Saldanha Sardinha, ele mandou soltarem-lhe as mãos, que imediatamente correram para apalpar o alto da cabeça. Rasparam-lhe todo o farto cabelo de "copa de figueira" do qual ela tanto se orgulhava. Ele era mais que uma peruca a emoldurar-lhe a face. Ele era o símbolo da mulher que sempre sentiu ser. Este foi o momento mais dolorido, pois raspar seu cabelo foi como matar sua essência, seu espírito, sua força. Como o Sansão da história bíblica, sendo que Vitória era uma inusitada mistura de Sansão e Dalila.

Felipe também apalpou seus cabelos anelados, sua barba bem aparada, seu rosto imaculado e, apesar das lutas das duras viagens que empreendeu, quase sem chagas. Além da dor profunda por vê-la naquelas condições, estava ferido de morte pela vergonha dos seus e pela covardia que o paralisava, pela consciência de saber que esta era certamente a última vez que pousaria seu olhar nela. Sentia-se perdido, à deriva... Subitamente, seus olhares se cruzaram. Brotaram lágrimas nele e nela que só eles conseguiam ver. Lágrimas internas. Felipe queria gritar, mas uma garra poderosa lhe cortava a voz. Era mais que o medo da morte do corpo, era o temor da morte da pouca fagulha de vida que ainda lhe restava e que estava se esvaindo de dentro dele ali, naquela sala.

Savalu também estava lá. Desde que saiu da casa de Antônio e Manuella, após testemunhar o assassinato dos seis condutores da caravana, andou por toda a cidade escondido por conhecidos de Vitória. Impressionou-se com sua rede de contatos e por ver como sabia da vida da província. Ela ajudava a dar guarita a quase toda gente que decidia escapar dos seus senhores e senhoras. Não entendeu como e nem por que ela deixou-se apanhar. Poderia escapar se quisesse. Recordou que, uma vez, ela jogou ossos para ele e lhe disse coisas profundas. Disse que suas vidas estavam muito misturadas e, para que tudo se completasse, ela precisaria falar para muita gente ouvir. No momento ele não entendera nada, mas agora, vendo-a naquela sala lotada, tudo começava a fazer sentido.

Frei Alexandre desceu de sua cadeira, posta propositalmente num plano mais alto que o da acusada, e caminhou em círculos em volta dela, fitando os populares e lendo as acusações que pesavam sobre ela: "feiticeira", "calunduzeira em conluio com o demônio", "escroque", "sodomita" e outros adjetivos ainda menos elogiosos.

Vitória voltou-se para o frei. Ele a mirou com total desprezo e um burburinho percorreu a audiência. Impaciente, pediu silêncio à turba e, com um olhar mortiço em sua direção, fez um gesto com as mãos para que começasse a falar. Dar-lhe voz não era mais que uma artimanha para que ela acusasse seus desafetos publicamente, principalmente Felipe.

– Fale, negro. Vamos com isso. O que tem a dizer em sua defesa?

Vitória então começou a relatar sua história, a mesma que já sabemos. Não citou Felipe. Perdoou sua falta de coragem. Sabia que não era falta de amor, mas ausência de forças. Ela sabia que o mundo em que viviam não nutria pessoas como ele para que tivessem musculatura de espírito para viverem abertamente suas verdades.

Esperava que ele tivesse seguido seu conselho da última vez que se encontraram, de reunir ouro, pedras e cruzados para fugir, pois o segredo deles era frágil e não duraria muito. Antes daquele último encontro, Felipe recebera mais um envelope com flores de dama-da-noite. Saiu no horário em que sempre costumavam se encontrar, para o jardim atrás da igreja abandonada. Amaram o último amor e ele transbordou com ela os cansaços da viagem. Falou da depressão profunda da mãe, da convivência difícil com o irmão brutal, da morte trágica do pai, do assassinato que fora obrigado a cometer... Despediram-se a muito custo. Beijaram o último beijo. O destino estava selado.

Vitória não se alongou em sua fala, mas, de pé diante do frei, de autoridades e do grande público que fora para assistir a ela, terminou olhando o religioso nos olhos e repetindo sua frase recorrente quando alguém decidia questioná-la.

– Não sou negro. Sou negra! Ne-gra.

Uma frase impactante, visto que estava vestido como o homem que insistiam que era. Irritado por ainda não ter ouvido o que gostaria e achando que obteria finalmente o que desejava, o frei perguntou o que era aquele caderno que ela pediu que lhe entregassem no início da sessão.

– A resposta a todas as perguntas que deseja. Aliás, creio que todos os presentes desejam a verdade, pois assim comanda vossa Bíblia: "Veritas vos liberabit". Conhecereis a verdade e a verdade vos libertará.

Para espanto geral, falou tudo sem erros, e estas palavras foram na verdade uma senha. Discretamente posicionado na parte de cima do mezanino da casa do escritório do Santo Ofício, o garoto de recados que por anos andou entregando mensagens anônimas, passou a entornar do alto um saco cheio de folhas com cópias de trechos do que estava escrito no caderno entregue ao frei. Todos olharam para cima, pois era belo o bailado das folhas chovendo suaves e iluminadas pela claridade que entrava pelas janelas. Asas de papel.

Em suas investigações encomendadas por Antônio, suas adivinhações indicavam que o mistério estava na própria família. Ela então passou a vigiar as casas de Branca e Manuella. Viu quando o garoto bateu à porta de Manuella para deixar um bilhete e foi atrás dele. O menino lhe contou seu nome – Leônidas – e quem estava pagando a ele para entregar tais encomendas: o padre Diogo Muniz.

Vitória passou a vigiar o irmão de Dona Branca. Prometeu à Quitéria parte de sua recompensa caso encontrassem alguma prova, alguma coisa escrita nos aposentos do padre. A moça aproveitara uma viagem que o vigário fizera por um mês para vasculhar. Teve trabalho, mas encontrou, embaixo de tábuas do assoalho e no forro do teto, os seus diários.

– Num sei o que tá escrito aqui, mas se tava tão bem escondido, deve de sê muito importante. Um mês, ouviu bem? Em 30 dia o padre chega de viagem e se num achá isso, vou pro castigo por tua causa, Vitória! – Alertou Quitéria.

Não era seu costume perder tempo. Obviamente, sabia ler algumas coisas. Imaginem se em tantos anos perambulando pelo cais do porto em contato com tanta gente diferente, uma pessoa com o espírito aguçado e livre como o dela não teria a curiosidade de aprender algo tão fundamental naquele mundo. No entanto, não sabia muito. Imediatamente levou para dois amigos que sabiam, e eles a ajudaram a fazer cópias. Quando Antônio finalmente lhe pagou, usou boa parte da recompensa para pagar à Quitéria pelo trabalho de achar tão precioso material, aos copistas e ainda pagou pelo cavalo que alugou para ter a última conversa com Antônio.

– Vai chegá o dia da serventia disso aqui – dizia, guardando as folhas todas em um saco que mantinha muito bem escondido.

Vejo que o padre Diogo Muniz era uma alma confusa, atormentada entre o amor por Cristo e pelo jovem Felipe. Diogo ressentia-se de tudo e por tudo. Ele era um ser em conflito, que mergulhou em uma fé que lhe fora imposta como farsa e virou verdade do coração.

... pois ela, minha própria irmã, humilhava-me. Sei que nunca confiou em mim para nada. Tem-me como um fraco. FRACO! Pois lhes provei, atirei-lhes no rosto a fraqueza de todos eles. Quase morreram de medo com os porcos que deixei na soleira de suas casas.

Com a morte do senhor seu marido Henrique, eu deveria ter ficado no controle. Eu era o homem daquele lar, mas qual! Compraram metade do clero para que eu entrasse... Ela e seus comparsas, os Gama, tramaram às minhas costas e agora estamos nas garras do Santo Ofício, pois pretendem livrar-se de suas culpas e pecados horrendos à minha custa! Desejam atestar a pureza de seu sangue com a minha entrada na Santíssima Inquisição. Não permitirei! Nem que para isto tenha que derrubar todas as pedras dos sepulcros caiados que são nossas vidas. Sou fiel servidor da Igreja. Terei perdão e sigilo delatando cada um deles. Antônio, um homem que perdeu sua virilidade e faz tratos com um ser desprezível como aquela tal de Vitória; sua mulher Manuella, uma devassa que mantém encontros escusos e está grávida de seu amante misterioso de que ainda descobrirei a identidade; Sianinha, minha sobrinha que não esconde seu desejo por um negro e uma negra que viviam debaixo do seu mesmo teto; e Felipe...ah! Felipe.

Felipe... devotei-lhe tanto sentimento... Naquela noite após a missa vi que ficou muito perturbado ao receber uma missiva misteriosa. Ele já estava muito distante de mim. Não ia mais confessar-se e evitava-me ao máximo nas reuniões de família. Decidi segui-lo e já ia desistindo, até que o vi escapando oculto na noite.

Não pude crer quando descobri aquele romance pândego, ultrajante, bizarro, animalesco. Ele realmente ama aquela falsa mulher! Uma bruxa dos infernos que só pode ter lhe jogado poderoso feitiço. Eu o perdoo. O meu pobre menino... Não sabe o que está a fazer. Todavia, seu destino está traçado para ser de minha sobrinha, outra criatura das mais cruéis em quem pus meus olhos. Não, Felipe não será da bruxa negra e muito menos do demônio arrogante que é Sianinha. Escrevi-lhe uma carta ameaçadora e sei que deixei-o aterrorizado, mas apenas queria amedrontá-lo... onde estará ele agora?

O único anjo neste antro no qual também me incluo é Felipe. Vou confessar todos os pecados, pois os que confessam e denunciam demonstrando arrependimento, têm suas penas abrandadas e até podem ficar com bons recursos financeiros dos denunciados. Eu, afinal, nada fiz. Apenas não quero arder no fogo eterno por culpa dos meus. Quero viver em contrição, em jejum e sacrifícios para o meu Senhor. Esse espinho na carne que é Felipe Gama, arrancarei como quem arranca o olho que causa escândalo. Não será por meu intermédio que ele, o escândalo, há de vir. Eu me purificarei denunciando toda a verdade. Tudo o que conto é verdade, tudo o que falo é o que sempre vi e vivi.

Os papéis "choviam" nas cabeças da audiência. Uma agitação enorme percorreu o salão, pois até alguns guardas pegaram papéis para tentar ler. O garoto Leônidas, sempre arisco, escapuliu na confusão. Alexandre sentiu que estava perdendo o controle do espetáculo, pois ninguém lhe atendia aos pedidos por silêncio e respeito.

Um dos marinheiros amigos de Vitória, ciente de que a maioria não saberia o que estava escrito nas folhas, levantou-se e resolveu ler em voz alta os trechos mais picantes. O outro, posicionado estrategicamente no extremo oposto da sala, também se levantou para ler. Foi uma atitude contagiosa, pois todos os que sabiam ler levantaram-se para destacar, interpretar, rir ou se indignar com algum pedaço. A estocada final veio do trecho do diário do vigário Diogo que, por acaso, estava também nas mãos do juiz de fora, senhor João Mendonça, e foi lido em altos brados por um homem próximo.

... Escândalo! Oh, Senhor, tende piedade de nós! Escândalo! Escândalo! Descobri que o amante de Manuella Gama é o Frei Alexandre Saldanha Sardinha e que ela está grávida de um filho seu!

A vizinha dos Gama, Dona Gertrudes, com um ar vitorioso levantou-se e gritava frenética, tomada por um regozijo alucinante apontando a bengala para Manuella.

– Eu sabia! Eu sabia! Meretriz! Meretriz! Adúltera herege!

Subiu um vozerio de assombro, um rumor que foi aumentando de tom, mas que abaixou o volume para escutar o restante. O leitor prosseguiu.

E eu, pobre infeliz, que crédulo em suas virtudes de autoridade da Santa Madre Igreja, em meu desespero por não poder ter aquele que tanto amo e desprezando este antro familiar no qual estou encravado, enviei-lhe carta denunciando a todos. Mal sabia ser ele o maior de todos os pecadores! Oh, Pai amado, o que será de nós?

Não havia condições de continuar diante de tamanha balbúrdia. A sessão foi encerrada. Balthazar, Manuella e Dona Branca estavam um ao lado do outro. Manuella com Felipa ao colo. Ela e Alexandre trocaram um olhar e ele entendeu que era mesmo o pai da criança. Balthazar, também gritando por "Calúnia! Farsantes! Sacripantas! Invejosos caluniadores! Morte a este negro feiticeiro, mentiroso e sodomita! Não veem que é tudo uma enorme farsa?!", imediatamente empurrou as duas mulheres para a porta de saída, pois todos eles corriam risco de morte. As mulheres correram para a carruagem, escoltadas pelo homenzarrão que era Balta Gama. Os três partiram a toda a velocidade já debaixo de vaias, frutas podres, excrementos e cusparadas. Manuella tentando proteger com o corpo a criança de colo.

Branca, mal chegou à residência, mandou trancar todas as portas e janelas e já foi ordenando que a ajudassem a recolher roupas e pertences. Foi ao fundo falso do armário para tirar joias valiosas e dinheiro que possuía escondido. Imaginou saírem da cidade imediatamente. Sianinha havia ficado em casa, não sabia o que estava acontecendo, e um tanto aparvalhada, andava de um lado a outro apenas perguntando: "E meu casamento?! E meu enxoval?! E minha festa?!"

Na chácara dos Gama, Balthazar avançava colérico para Manuella exigindo explicações. Felipa chorava agarrada à saia da mãe. Caso ele resolvesse espancar a madrasta como fazia o pai, com o seu porte físico, certamente desta vez ela morreria. Ele caminhou resoluto em sua direção. Cego e surdo, ele desferiu o primeiro tapa e ela tombou pela força do braço do enteado. Ele cresceu ainda mais para cima da madrasta e ia dar mais um passo, quando se ouviu um estrondo.

Em pé na soleira da porta que dava para o fundo da casa, Rita acertou o meio do peito de Balthazar com uma das armas com que ele matou os condutores da caravana. Ele ainda olhou para a velha negra sem acreditar, com ódio, e, como um carvalho gigante abatido pelo último golpe do machado, o primogênito de Antônio tombou no meio da sala.

– Minha véia...! – Juvenal nunca duvidara da força de sua mulher.

***

Ficando na ponta dos pés para tentar enxergá-lo, Savalu tentou alcançar Felipe no meio do tumulto, mas este, sentindo-se sufocado e profundamente dolorido pelo destino de Vitória, saíra para o ar do dia antes do final apoteótico do espetáculo armado pela vaidade e ganância de Frei Alexandre Sardinha, que, na ânsia de humilhar, saiu escoltado.

O sol o cegava. Rodou a esmo pela cidade até os pés cansarem. Perdeu a noção das horas e do dia. Imaginou que, àquela altura, Sianinha já devia estar com o vestido imaculado e caro, cheirando a flor de laranjeira, pendurado e pronto para no domingo partir em sua carruagem para a igreja. Em muito pouco tempo, seria ele mais um respeitável do clã dos Gama. Em muito pouco tempo estaria de posse de terras e lavras de ouro. Em muito pouco tempo teria um filho, dois, três, quatro. Em muito pouco tempo estaria com as barbas brancas e o olhar duro que via no pai. Em muito pouco tempo Sianinha estaria uma matrona vigilante dos bons modos e da moral, como era a mãe dela.

Vitória... Não restaria vestígio de Nzinga Ngonga, da Nganga Marinda. Não restaria uma mecha de cabelo crespo sequer.

Estaria desaparecida para a eternidade. Chorou agachado na areia da praia de São Domingos. Tirou as botas e as meias. Tirou toda a fatiota de noivo, ainda com alguns alfinetes pregados pelo alfaiate. Ficou inteiramente nu. Mergulhou no mar da Guanabara e nadou até onde conseguiu. Depois se deixou boiar, sentindo uma leveza e um alívio que nunca sentira. Não queria voltar a pisar em terra firme outra vez. Lembrou-se do dia em que dormiu profundamente após encontrar a carta que o intimidava. Não queria acordar e não queria voltar porque não havia motivo.

NA HORA EM QUE PERFUMA
A DAMA-DA-NOITE

A cela era escura, úmida e fétida. Vitória estava tranquila a um canto. Sentia até certa paz, pois finalmente toda a verdade eclodira. Seus olhos abertos e sem emoção miravam Branca Muniz, que estava no lado oposto, de pé, apavorada, agarrada e subindo pelas grades como se estivesse enjaulada junto a uma leoa faminta.

– Soltem-me! Tirem-me daqui! Sou uma senhora respeitável e cidadã de bem. Não podem jamais me comparar, me misturar. Sou Branca Muniz! Porcos! Imundos! Mentirosos!

Branca chorava e gritava, puxando os cabelos grisalhos que encaneceram ainda mais durante aquele processo. Vitória revirava os olhos e soltava suspiros como que clamando por paciência. Até que falou com enfado:

– Sossega, mulher! Ninguém virá em teu socorro. Aqui somos iguais, duas bruxas esperano o fogaréu, a forca... ah, que sei eu! Nunca tiveste a curiosidade de saber o que diz a lei de vosmicês sobre os "sangues impuros"? Acalma-te.

– Como ousas dirigir-me a palavra? Como ousas, aberração? Por tua causa estamos em desgraça! Foste tu e teus sortilégios de pretos horrendos!

Vitória gargalhou daquele jeito que apenas ela sabia e que sempre irritava profundamente o falecido Antônio pelo desprezo que carregava. Sentia um definitivo nada por Branca e os seus, com exceção de Felipe. Era estranho este vazio de emoção. Sua tranquilidade vinha do fato de que soubera que Zé Savalu, Quitéria e sua turma haviam corrido da casa dos Gama e se escondido nas obras da igreja da irmandade, até que Zé conseguiu converter o ouro em moedas para comprar as alforrias e uma terra distante onde foram viver em comunidade, levando a pequena Felipa e Manuella. Este foi o pagamento prometido a Felipe como sua parte do tesouro do mineiro Tonho, salvar sua mãe quando fosse necessário.

Precisaram empreender uma fuga daquelas bem orquestradas em que Savalu já se tornara especialista, pois, como as famílias Muniz e Gama tiveram seus bens confiscados e foram condenadas por gerações ao esquecimento, Manuella não tinha mais como sobreviver na cidade. Em Portugal, o filho de Antônio chamado Lucas teve os bens confiscados e também estava preso. Vitória riu silenciosa, com um ar de deboche e se sentindo vingada em saber que o terrível gigante ruivo Balthazar havia sido abatido por um único tiro certeiro dado pela preta velha Rita. Uma cena que daria quase tudo para ter visto.

Tomásio não conseguia conviver com Manuella após todas as revelações sobre seu caso com Frei Alexandre e a verdade sobre a origem de sua família. Ele ficou no Rio de Janeiro, e Savalu deixou o suficiente para que não precisasse mais se submeter a trabalhos tão pesados para a sua idade. Conseguiu ajudar a impulsionar a construção da igreja e a estabelecer a irmandade dos santos que tanto amava. Abriu uma pequena venda onde oferecia santinhos, orações, ex-votos e edições do **Lunário Perpétuo***, que eram muito procurados pela população em geral.

Sianinha viu, escondida de sua sacada, a mãe e o tio serem conduzidos para a prisão. Completamente só na casa, vestiu-se de noiva, pegou um ramalhete de flores e foi para a porta da igreja aguardar por um noivo e convidados que nunca apareceram. Passou a perambular sem rumo pelas ruas. O vestido de branco passou a bege, de bege foi para o marrom e daí para o tom cinza escuro. As rendas, de perfeitas passaram a rotas, de rotas a farrapos, e daí para o nada. Ficou conhecida como a "mendinga nubente", que esmolava em frente aos templos em dias de casamentos. Passados 20 anos do escândalo das famílias e do frei português, ninguém sabia ao certo como havia chegado até ali... nem ela mesma. Virou lenda urbana com várias versões e, depois de morta, foi transformada em fantasma que diziam assombrar noivas às vésperas das bodas.

Enquanto todo o espetáculo se desenrolava no escritório da Inquisição, Diogo Muniz orava em seu quarto ajoelhado em vidros. Quando a guarda chegou, encontrou-o com os joelhos e parte das pernas em carne viva. Foi preso, mas, após a análise cuidadosa do caso, deram a ele o ato de misericórdia por ter sinceramente se convertido, chegando ao ponto de delatar a própria família. Ele perdeu seu lugar no clero, mas recebeu parte de seus próprios bens e gastou quase toda a

---

* Almanaque ilustrado, composto por Jeronimo Cortes e publicado em Valência, em 1594, e reeditado inúmeras vezes ao longo de séculos, com variações em seu título e conteúdo. Oferecia orientações sobre diversos aspectos da vida como fases da lua, horóscopos, simpatias, biografias de santos e papas, como interpretar o comportamento de animais, etc. Fonte: Priori, Mary Del. Ritos da vida privada. In: Novais, Fernando (org). *História da vida privada no Brasil*: cotidiano e vida privada na América portuguesa. São Paulo: Companhia das Letras, 1997. p. 299.

fortuna distribuindo dinheiro a ordens religiosas e inventando maneiras de se flagelar. Era um beato conhecido por sua vida em penitência, praticamente a pão e água.

Frei Alexandre foi execrado pela população, que não deu tréguas por muito tempo, xingando-o debaixo da janela da cela onde ficou cativo no Carmo. Ele recorreu aos superiores e disse tratar-se de calúnias as tais acusações, e moveu céus e terras para abrandar suas penas. Usou de todas as chantagens e artimanhas que sabia. Conseguiu ser enviado por dois anos para postos na África, o que era considerado um desterro. Passado este tempo, pensou que retornaria para o reino sem maiores implicações, mas ele, que perdera a saúde na viagem para Minas, não resistiu à febre terçã contraída no primeiro semestre de sua nova residência. Morreu só, esquecido e chamando por Manuella.

Na prisão, Branca passou da agitação e gritaria à completa apatia. Estava fora de si. Estavam ela e Vitória esperando o navio que as conduziria à Corte para o julgamento final, que certamente condenaria ambas à fogueira ou à forca. A esta altura, fora descoberto o que chamavam de "práticas judaizantes" da família de Branca, sem contar com os desvios e contrabandos dos Gama, de quem era sócia. Roubar a Coroa era crime de lesa-majestade. Antes de se fechar em si, ela tinha pesadelos terríveis com o homem condenado à fogueira que viu na infância em Portugal.

Vitória, um belo dia, não foi encontrada na cadeia. Para saber o paradeiro da companheira de cela de Branca, os guardas a interrogaram e até impuseram algumas torturas, mas ela estava apática, sem reação alguma. Branca Muniz transformou-se em uma pedra oca, mas sem o ouro que enriqueceu Savalu. A única frase que arrancaram dela e, caso ainda restasse alguma dúvida, acabou de condená-la, foi: "Pelos pentelhos da Virgem Maria, tirem-me daqui!"

Felipe e Vitória... Estes misteriosamente desapareceram. Vitória sumira provavelmente com a ajuda de algum dos seus muitos contatos e clientes para viver seu grande amor? Pode ser. Escapou com o auxílio de "forças ocultas"? Também pode ser. Morreu de desgosto com o desaparecimento do amado? Encantaram-se como espíritos em outro mundo?... Quem saberá?

O que dizem é que a última vez que a viram, foi naquela hora em que perfuma a dama-da-noite, com sua vasta cabeleira crespa ao vento, abraçada a um jovem despido e cheirando a mar, no jardim dos fundos de uma capela abandonada, por detrás do morro do Castelo, ao lado de uma enorme figueira branca.

NO JUÍZO FINAL

Chegamos ao final. Terminei de narrar os destinos deste grupo de humanos, quase trezentos anos depois do desembarque do Frei Alexandre Saldanha Sardinha nestas terras brasileiras. Você me viu entrar nos recintos mais secretos, nos pensamentos e desejos mais inconfessáveis.

No fundo sou um cobrador. Alguém criado para apresentar faturas. Também posso ser um entregador de flores e presentes. Não faço ideia de quando começaste a percorrer estas trilhas em letras... No exato ano de 2020 ou 25, 35, 38?... Pouco importa e muito importa, pois voei, voo e voarei. Corro deixando pegadas, vestígios, sequelas; logo, olha para os meus ponteiros com uma ponta de angústia, cuida de mim com todo o carinho que puderes e busca não perder-me, pois...

> Enxergo em ti a capacidade de transformares a mim
> Como o oleiro molda o vaso,
> Digo de tua vontade,
> De teu engenho,
> De tua gana em ganhar o mundo...
> Com a volúpia dos bandeirantes desbravadores
> Ou com a febre dos corsários

Oprimes e esmagas com os pés
Outros pés iguais aos teus,
Escavas e arrancas com as mãos
Outras mãos idênticas às tuas,
Pensas que me dominas,
Pensas que de mim sabes tudo e eu...
Apenas digo de ti o que vejo
E o que escreveres em tintas de sangue e suor
Nas minhas páginas imaculadas e inéditas a cada dia novo.

Tentas esconder em minhas dobras teus feitos pouco gloriosos,
Tentas borrar com as pegadas de minha passagem
Tuas falhas imperdoáveis,
Buscas corrigir cometendo outros delitos,
Acertas errando e erras acertando.
Por que não te deixas levar simplesmente
Sentindo o pulsar essencial dentro de ti?

O que te impede de admirar o colorido da paisagem
Da humanidade do teu ser,
Sem a volúpia em transformar tudo em espelho?...
Qual a alavanca que te impulsiona a impor
Tuas crenças para todos os crentes,
Tuas leis para todos os viventes?
Refaz,
Repensa,
Reacalma...
Também vejo que por vezes me transcorres com paixão
E que quando realmente desejas,

Sabes pintar com brilhantes tons
Cada microssegundo de minhas páginas.
Sou homem quando me chamam minuto, segundo
ou século.
Sou mulher quando me chamam era, hora, aurora.
Sou eu quem contará aos teus
Os teus crepúsculos maiúsculos
Ou tuas alvoradas sem glórias.
Pensas que de mim podes escapar.
Sorrio de tua incansável mania em dominar-me
Com a garra de tua palma,
Pois tentas a todo custo retardar minha passagem.
Sigo,
Pois ao contrário de ti não tenho pressa
Não passo antes e nem depois
Transcorro agora
... pois sou o Kitembo
Tempo...
    E sou eu, apenas eu
        Quem narra esta história.
            Pois eu passo...
            ...o amor, jamais.
        E nada disse, digo ou direi de ti, que em ti não veja.

FIM

Este livro foi impresso em novembro de 2021,
pela Gráfica Assahí, em São Paulo.
O papel de miolo é o pólen soft 80g/m²,
e o de capa é o cartão 250g/m².
As famílias tipográficas usadas foram
a Didot HTF para títulos e a
Warnock Pro para textos.